Conan o Bárbaro

Sétima parte

Erika Sanders

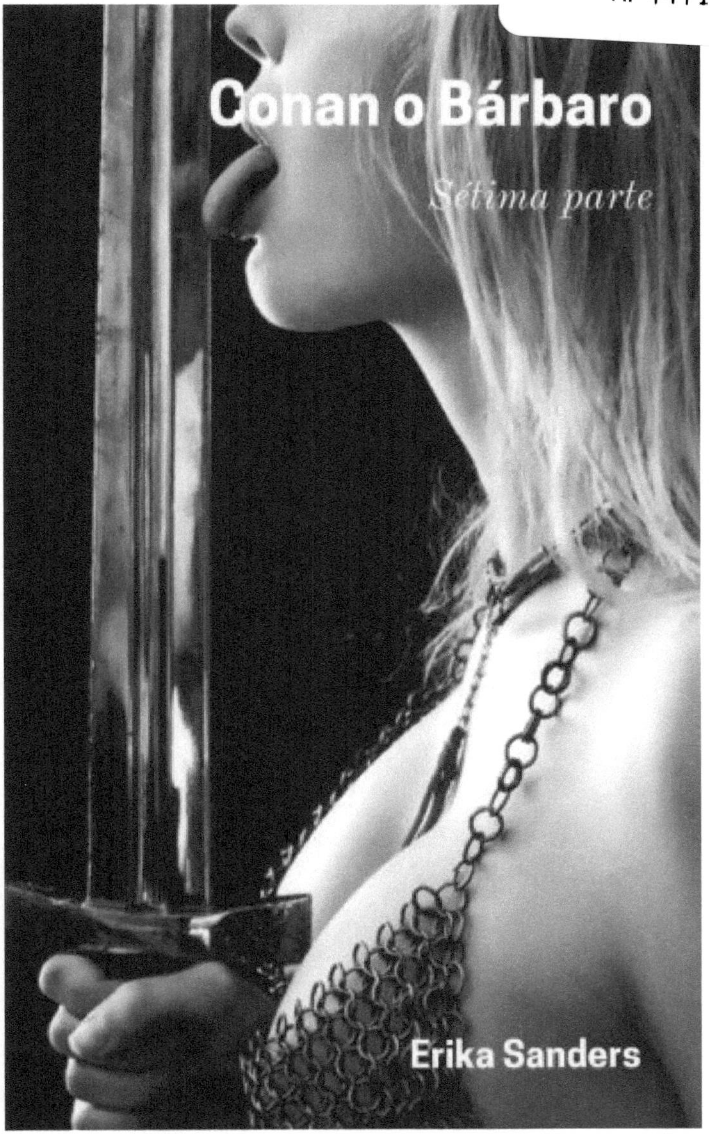

Conan o Bárbaro:
Sétima Parte

Erika Sanders
Serie
Conan, o Bárbaro, Vol. 25 a 28

Sinopse

Conheça as mulheres na vida de Conan como você nunca ouviu antes ...

Após novas aventuras e novos triunfos, Conan e seu grupo voltam para a cidade onde agora é sua casa, Tarantia.

O retorno os fará perder as aventuras? ou será melhor do que o esperado?

Esta publicação contém os volumes 25-28:
25 - Zula
26 - Valeria
27 - Agra
28 - Estari
(Todos os personagens têm 18 anos ou mais)

Nota sobre a autora:

Erika Sanders é uma escritora internacionalmente conhecida, traduzida em mais de vinte idiomas, e que assina seus escritos mais eróticos, longe de sua prosa habitual, com seu nome de solteira.

Índice:

CONAN O BÁRBARO
SÉTIMA PARTE
ERIKA SANDERS

CAPÍTULO XXV
ZULA

Zula entrou cautelosamente na sala dos fundos da pousada, fechando cuidadosamente a porta atrás dela, como ela havia sido ordenada.

O quarto estava escuro, na única janela que tinha as cortinas fechadas.

Lá fora, o sol já estaria se pondo no horizonte, mas a intenção não era apenas manter a luz do lado de fora, mas evitar que os transeuntes olhassem para dentro.

A velhaco divisou uma forma perto da lareira apagada e podia sentir seus olhos em si mesma.

Ela não disse nada, esperando que a figura desse o primeiro movimento.

Depois de um longo silêncio, ele o fez, estendendo a mão sobre uma mesa baixa para remover uma veneziana de um objeto de metal colocado ali.

Uma luz azul esbranquiçada espalhou-se sobre a mesa, refletindo em seu rosto.

Ela tinha visto coisas assim antes; uma caixa de metal com uma veneziana estreita de um lado e uma barra interna encantada com um feitiço de luz durável.

Era mais seguro do que uma lanterna normal e quase nunca precisava ser reabastecido.

Devido ao seu formato, a luz se derramava em apenas uma direção, e a figura atrás dela estava mais na sombra do que nunca, agora que seus olhos não podiam se ajustar à escuridão.

"A filha pródiga retorna", disse a figura, sua voz calma, rica em timbre.

Ela quase podia perceber que ele estava usando uma capa, obscurecendo ainda mais sua forma e, talvez mais significativamente, que ele era, como ela, um goblin.

Não que isso importasse, porque ela reconheceu a voz, ela sabia que este era, de fato, o homem que ela tinha vindo conhecer.

"Eu não traí a Guilda," ela disse desafiadora, tentando não apertar os olhos, obviamente, para a luz direcionada em sua direção. "Agora eu trabalho fora da cidade."

"Como um aventureiro, sim; eu me lembro bem disso. Você já se sentiu tentado a voltar aos seus velhos hábitos? Junte-se ao redil?"

"Eu não preciso disso. Eu tenho o suficiente."

"O suficiente para nos abandonar?" A voz era severa, crítica, "Parece que deve ser assim, já que esta é a primeira vez que você entra nas instalações do Clã em ... o quê, há mais de dois anos? Tenho certeza de que você se lembra da data tão bem como eu. Ou não é importante para você?

"Não foi um abandono, foi simplesmente uma mudança. Não fiz nada de errado, não por causa das leis do Clã. Simplesmente tomei um caminho diferente."

"Um que significa que você não precisa mais de nós", a voz era severamente crítica, e Zula começou a se perguntar se ela tinha feito a coisa certa ao vir aqui.

Havia claramente feridas mais profundas em sua partida do que ele pensava.

Em retrospectiva, isso talvez devesse ser mais óbvio para ela.

"Portanto, você não precisa mais da família que o ajudou a criá-lo, pelo menos desde a adolescência. A família que lhe ensinou as habilidades que você conhece e confia, esteja ao nosso alcance ou não. A Guilda é um compromisso para a vida toda, não apenas algo que você entra e sai quando quiser. Esqueceu? "

"Não estou aqui para oferecer meus serviços."

"Mas você precisa de nós para algo, certo? Algo o trouxe de volta conosco. O que estou tentando estabelecer é por que você deve pensar que temos o menor interesse em ajudá-lo."

"Porque eu tenho dinheiro. Que é, no final das contas, o que a Guilda está tentando alcançar, certo?"

"Oh, dinheiro?" a voz zombou, e seu dono se inclinou para frente, apoiando as mãos na mesa e deixando um pouco da luz derramar em sua capa, embora ainda deixando seu rosto na sombra, "O que faz você pensar que eu estaria interessado? Isso sobre você? "

"Porque eu te conheço, Shadow Knife," ele usou o codinome do assassino, aquele que ele usou para acessar esta sala privada, para ter uma audiência com o homem.

"Talvez eu tenha mudado", disse ele, parecendo um pouco na defensiva pela primeira vez, e se afastando da luz. "Nenhum de nós permanece o mesmo para sempre. A Guilda seguiu em frente sem você, você sabe."

"Mas você não fez, não é?" ela disse, dando um passo à frente, encorajada por poder estar rastejando sob a fria casca externa do outro ladino. "É disso que se trata, não é? Essas sombras e sua tentativa de intimidação? Posso dizer agora que não vai funcionar, não comigo."

"Nem tudo é sempre sobre você!" gritou a Faca da Sombra, batendo na mesa e recostando-se na luz.

Desta vez, ela podia ver mais de seu rosto, o nariz afilado e o cavanhaque bem cuidado, um lampejo de seus dentes quando ele quase rosnou para ela.

"Mas é assim que as coisas são desta vez, não é? Você ainda está bravo. Bem, tanto faz, você deveria superar isso. Eu cansei de você me incomodar. Tudo que eu quero é um pouco de informação, e eu estou disposto a pagar por isso. Você vai me ajudar ou não? "

"Você não poderia pagar o que eu queria!"

Sua voz se elevou, soando perigosa, e Zula se perguntou se ele tinha ido longe demais.

Afinal, ele era um assassino habilidoso e um oficial de confiança do Clã.

Mas sua frustração com a maneira como ele estava agindo, quando ela precisava vingança pelo que aquela coisa desumana tinha feito, subjugou seu bom senso.

"Você não sabe o que tenho para lhe oferecer!" ela retrucou, "então pare de ser um menino infantil sobre isso."

"Você sabe exatamente o que eu quero", ele rosnou, e saiu de trás da mesa, lançando-se sobre ela.

Ela instintivamente levantou a mão esquerda para afastá-lo, a mão direita alcançando sua faca escondida.

Mas ele foi muito rápido e pegou sua cabeça com as duas mãos, beijando-a apaixonadamente nos lábios.

Esquecendo a faca, ela recuou e deu um tapa no rosto dele o mais forte que pôde.

O som da bofetada pareceu ecoar pela sala; foi muito bom.

A Shadow Knife deu um passo para trás, quase colidindo com a mesa, estendendo a mão para se apoiar.

"Droga, isso doeu muito", disse ele, sem fazer mais nenhum movimento, "merda! Zula, você tem uma mão dura hoje em dia." Ele deu uma risada amarga, "Acho que você não mudou muito."

"Bem, você merece, Ulgor."

Ele estremeceu ao usar seu nome verdadeiro, mas então pareceu relaxar, toda sua raiva e bravata se foram.

"Sim, eu suponho," ele murmurou por fim, recostando-se na mesa e esfregando a bochecha, o capuz de sua capa caindo para trás revelando cabelos pretos muito curtos. "Onde nós erramos tanto?"

"Você não podia aceitar que eu tivesse minha própria vida. E parece que ainda não pode."

"Ei, isso não é justo. Eu tinha muito a fazer quando me mudei para o Clã. Eu poderia ter feito isso também com um pouco mais de apoio. Não é como se isso fosse unilateral."

Ela encolheu os ombros.

"Talvez. Mas eu não poderia ficar aqui o tempo todo. Como eu disse, agora tenho minha própria vida."

Ulgor ajustou a lanterna mágica, alargando a abertura para que mais luz fosse lançada na sala, embora não fosse muita ainda.

"Você parece a mesma de sempre", ele comentou, "como se fosse ontem. Você não deveria ter me deixado."

"Você acabou de dizer: ninguém fica igual para sempre. Terminamos, não estava funcionando. Achei que você já teria aprendido a conviver com isso. Dois anos se passaram."

"Sim, foi", disse ele, esfregando o rosto e olhando para a escuridão do teto, "Mas foi bom enquanto durou ... Quer dizer, foi, não foi?"

"Sim ... sim, foi."

Ele suspirou profundamente.

"Bem ... você queria me perguntar uma coisa", ele disse eventualmente, "Você poderia continuar ...".

"Alguém roubou algo de mim", disse Zula, "e eu quero saber quem é."

Ela não acrescentou que queria se vingar daquela pessoa por machucar Yakin, por quase matá-lo.

Isso complicaria ainda mais o que já era um encontro estranho, especialmente porque ela ainda não havia resolvido seus sentimentos pelo servo.

Ulgor deu uma risada curta.

"É por isso que não vou incriminar um de nossos companheiros! Deuses, você conhece o Clã tão bem quanto eu, como pode perguntar isso?"

"Porque não é alguém da Guilda."

"Um freelancer?" Ele parecia interessado, sua expressão zombeteira. "Qualquer um que seja bom o suficiente para roubar um grupo de aventureiros provavelmente não é um freelancer e, mesmo que fosse, nem é preciso dizer que também seria bom o suficiente para que não tenhamos notícias dele."

"Não foi uma pessoa que roubou de nós, pelo menos não no sentido normal. Foi um demônio."

"Um demônio?" suas sobrancelhas se ergueram, "Você quer dizer meio demônio? Há um ..."

"Não, não um demi-demônio. Eu sei como é um demi-demônio, e este, como o inferno, não era um deles. Estamos falando de um demônio completo, chifres enormes, olhos brilhantes, tudo isso. poderia ter sido uma ilusão, mas isso parece improvável. Mas não, até onde podemos dizer, este era um demônio real, do tipo que alguém invoca. Você sabe alguma coisa sobre isso?

"Uh, não, por que eu iria? Nós não somos bruxos."

Ela sentiu a breve hesitação em sua voz, notou a mudança em seus olhos quando ele desviou o olhar dela ao falar.

Ele pode ser bom em mentir para os outros, mas não para ela.

Ele sabia de algo, e ela só precisava descobrir o que era.

"Demonologistas precisam de bens ilegais para lançar seus feitiços. Se eles não os pegarem, você provavelmente sabe onde eles os conseguirão. Há uma boa chance de você pelo menos ter ouvido rumores. E como somos mágicos, quem quer que tenha feito isso é fora da Guilda, e você não está realmente quebrando a confiança ao dizer quem eles são. Ou quem você suspeita que eles sejam. "

"Eu não conheço demônios. Ou invocadores de demônios. Desculpe, Zula, eu simplesmente não sei de nada."

Ela caminhou até ele e o olhou diretamente nos olhos.

"Você está mentindo. Por quê?"

"Uh, não, eu ..." Ele parecia sentir que não estava funcionando, e ele praguejou baixinho, tentando evitar olhar para ela. "Inferno, Zula. Você não entende isso. Isso é ... isso não é algo que eu posso te dizer, ok?"

" Qual é o seu preço? "

"Droga, eu não tenho um preço! Estou te dizendo, isso é realmente ... apenas vá embora, ok?"

Ele parecia preocupado, muito preocupado com alguma coisa, mas Zula não ia parar por aí.

Ele tinha que fazer algo para golpear Yakin de volta, não importava o que isso significasse.

O ataque do demônio o tornou pessoal, e ela não o perdoaria por isso.

Esse pensamento era ainda mais importante para ela do que sua preocupação com o destino da cidade.

Por Yakin, ela estava disposta a fazer o que fosse necessário.

Ela se abaixou com uma das mãos e gentilmente envolveu Ulgor nas calças.

"Tem certeza de que não há nada que eu possa lhe oferecer?"

Ele se contorceu quando ela começou a esfregá-lo, um caroço definitivamente começando a se formar sob seus dedos.

"Eu ... uh ... não. Eu não quero isso. E eu não posso te dizer nada." Ela começou a abrir os zíperes. "Inferno, Zula, não seja ridículo. Você disse que estava tudo acabado."

Ele ficava muito mais ansioso quando era o único no comando da situação, ele pensou, enquanto acariciava uma ereção crescente que estava mentindo para suas negações de interesse.

"Isso mesmo", disse ele, "mas isso não significa que não posso abrir uma exceção esta noite."

"Olha ... há uma conexão com o Clã. É por isso que não posso dizer nada."

"Mas não formal," ele disse ajoelhando-se, "ou você teria mencionado isso antes. Quem o deixou com tanto medo?"

"Ninguém! Não estou com medo."

Ele pareceu ofendido com a sugestão.

Bom.

Ela liberou seu pênis inchado de suas calças, passou a mão por seu comprimento e, em seguida, se inclinou para beijar a ponta.

"Zula!" ele gritou, "isso não vai funcionar comigo."

Ela deslizou seu pênis brevemente em sua boca, correndo os lábios ao redor de sua cabeça e, em seguida, puxando-o novamente.

"Uh, bem, não dessa forma. Não vou contar a você sobre o Sr. Yamcha."

"Ele é o homem número dois em Los Libertinos, certo?" Zula perguntou, antes de empurrá-lo totalmente de volta em sua boca, primeiro fazendo cócegas em sua glande com a língua, em seguida, empurrando a cabeça para frente em sua virilha, pegando suas bolas com uma mão livre e esfregando-as suavemente.

Ulgor engasgou, seus quadris empurrando ligeiramente para frente em seu rosto.

Ela ergueu os olhos para olhá-lo, apreciando a expressão de agradável tormento em seu rosto, e então começou a chupá-lo com mais força, deslizando-o para dentro e para fora.

"Uhhhh ... sim ... ok ... Yamcha tem alguns amigos. Alguns amigos muito poderosos ... ah sim ... ele está agindo um pouco estranho, até mesmo os libertinos lamentam. Mas nós ... oh Deusa. .. não temos prova de nada. Tem havido rumores de rituais mágicos, demônios e coisas ruins assim. Mas não temos certeza. "

Ela o soltou, recostando-se em suas coxas, sua ereção, escorregadia com sua saliva, latejando a centímetros de seu rosto. "Eu preciso de nomes. Quem são esses amigos?"

"Eu não sei ... bruxos, eu acho."

Zula desabotoou a túnica e a tirou, seguida da camisa.

Olhando para Ulgor, ele deliberadamente acariciou um de seus seios, então se inclinou para chupar e mordiscar suas bolas, agarrando seu pênis com a outra mão.

"Nomes", disse ele novamente,

"Zula, eu ..."

"Sim, você sabe. Você é ruim em mentir para mim, lembra?" Ele lambeu seu pau e engoliu novamente, continuando a massagear seu peito enquanto o fazia.

"Uhhhh ... Sra. Gedren. Ela é a líder. Ela é uma elfa negra, fingindo ser uma comerciante, mas são todos elfos negros adoradores de demônios ou algo assim, certo? Ah, sim ... Zula ... "

"Isso é tudo que você sabe?" Ela perguntou, puxando-o para fora de sua boca novamente.

"Sim, é isso! Mas, eu juro, é melhor você não parar por aí, minhas bolas já doem."

Ela avaliou sua expressão.

Ele parecia sincero desta vez.

"Sim, eu acredito em você. Na parte de não saber mais, quero dizer."

"Droga, Yamcha não pode descobrir que eu te contei nada disso! Ele tem uma classificação mais alta no Clã do que eu, e Los Libertinos dificilmente vai me apoiar por espalhar boatos sobre seu assistente."

Zula se levantou e desabotoou a própria calça, deixando-a cair no chão junto com a calcinha.

Ulgor olhou para ela com olhos arregalados quando ela se aproximou da mesa ao lado dele e se inclinou sobre ele, espalhando as pernas.

"Então é melhor você me convencer a não contar", ela o informou, "você pode conseguir uma boa persuasão agora mesmo."

Ulgor deu um sorriso quase selvagem, e ela brevemente se perguntou se a abordagem dele poderia ter sido uma má ideia.

Mas tinha funcionado, e isso era tudo o que importava.

A verdade era que ele a deixara com tesão.

Não era tanto que gostasse de dar sexo oral, o que ele ficava feliz em fazer, mas nunca era particularmente excitante por si só.

Não, isso foi ...

Na verdade, o que diabos foi isso?

Ele certamente não pretendia dormir com Ulgor quando ele veio aqui; ela só queria informações dele e havia presumido, no máximo, que ela teria que pagar por isso em ouro.

No entanto, as coisas progrediram desde então, principalmente por causa de sua recusa em deixar o passado para trás, o que ela realmente não esperava.

Foi bom fazê-lo se contorcer, mas agora ele precisava de alívio, para compensar a tensão que o ferimento de Yakin e a quase morte o haviam causado.

Ele não podia transar com Yakin, mas poderia tirar sua frustração com seu ex-amante e limpar sua mente com um pouco de sexo selvagem.

Com sorte, ele não entenderia mal.

Sim, havia alguma chance de que ele o fizesse, ele pensou com tristeza, mas era tarde demais para qualquer um dos dois.

Ulgor havia se levantado, a luz azulada lançando uma sombra escura de sua ereção brilhante em sua barriga plana e firme.

Sua constituição era musculosa para um goblin, com braços musculosos e coxas fortes, o cabelo escuro em seu peito contrastando com a pele pálida.

Uma tatuagem familiar, mostrando uma espada e alguns escritos em escrita goblin, decorava seu ombro esquerdo.

Ele se moveu atrás dela, enquanto ela estava deitada de bruços sobre a mesa, os braços cruzados do outro lado.

Ele agarrou a parte interna de sua coxa direita, beliscando-a ligeiramente e puxando-a, em seguida, usando os dedos da outra mão para separar os lábios de sua boceta, olhando para ela exposta por um momento.

"Oh merda", ele rosnou, "você não sabe o quanto eu pensei sobre isso."

Ele empurrou seu pau dentro dela com força, levantando parcialmente seus quadris da mesa e fazendo-a gemer de satisfação.

Ele começou a tomá-la com estocadas duras e urgentes, gemendo alto a cada novo movimento, seu corpo batendo contra o dela.

Ela tinha que admitir que se sentia bem, exatamente o que ela precisava agora, embora tentasse manter a voz baixa: era improvável que alguém estivesse ouvindo lá fora, mas eles estavam nos fundos de uma pousada, e se algum dela gemidos funcionavam. fortes o suficiente, isso não faria muita diferença.

Ela olhou para ele, ainda segurando a mesa com as mãos nuas, observando seu peito nu se mover e a sombra projetada por seu corpo contra a parede.

Ele a estava levando com força, seu pênis batendo em sua vagina repetidamente, enchendo-a, com a cabeça jogada para trás e os dentes à mostra.

Quando eles estavam juntos antes, ele nunca a tinha fodido com tanta força, e as sensações eram avassaladoras.

Ele deve ter notado o olhar dela sobre ele, porque ele olhou para ela, vendo a luxúria queimando em seus olhos, a necessidade de ser satisfeito.

Eu gostaria que ela percebesse que não era realmente nele que ela estava pensando.

"Você gosta de difícil?" ele perguntou, "você não costumava fazer assim."

Com um sorriso malicioso repentino, ele deu um tapa forte nas nádegas dela.

Doeu um pouco, mas não foi nada contra os sentimentos mais prazerosos que seu pênis rapidamente provocou nela.

"Isso é por ter me dado um tapa antes", ele a informou.

"É tudo que você tem?"

Ele a esbofeteou de novo, com muito mais força desta vez, avermelhando sua bunda.

Em seguida, agarrando-a com os dedos enquanto empurrava contra ela novamente, empurrando-a para a frente sobre a mesa e levantando seus pés do chão.

Seguiu-se um segundo tapa, desta vez para o outro lado, o suficiente para doer.

"Foda-se!" ele grunhiu.

Ela se empurrou contra a mesa, forçando-o a recuar, fazendo-o tropeçar para que seu pênis deslizasse para fora dela enquanto ela se levantava, ainda de costas para ele.

Ele deu um grito de surpresa e frustração, mas ela o agarrou, encontrando sua ereção escorregadia e molhada e puxando-a novamente.

Ela pressionou seu corpo contra o dele, sentindo seus músculos rígidos contra suas costas, levantando uma perna para lhe dar acesso mais fácil.

Ele envolveu um braço musculoso em volta da cintura dela, quase levantando-a do chão enquanto continuava a foder.

A mão livre dele agarrou um de seus seios e ele pressionou o rosto contra o cabelo da nuca dela, gemendo alto.

Ela chutou uma das pernas debaixo dele, fazendo-o tropeçar e praguejar, liberando seu aperto para se firmar.

Mas ela ainda não tinha acabado com ele e subiu na mesa, derrubando a lanterna mágica, de modo que sua luz lançasse sombras selvagens e oscilantes contra o teto.

Ulgor subiu na mesa atrás dela, sua silhueta pairando sobre ela enquanto ela rolava de costas.

Ele agarrou os braços dela e eles lutaram, cada um tentando assumir a liderança.

O rosto de Ulgor brilhou com uma mistura de raiva e luxúria.

Ela estava brincando com ele, mas se perguntou o quão sério ele levava o jogo.

Seus corpos deslizaram um contra o outro enquanto eles lutavam, mãos vagando, pernas entrelaçadas, e ele estava obviamente tentando forçá-la para baixo, para mostrar seu domínio ... bem, dois podiam jogar nesse jogo.

Com uma mão ela puxou seu pênis, fazendo-o gritar, e seu aperto de repente relaxou, dando-lhe a chance de virá-lo de costas.

Rapidamente, ela montou nele, de volta para seu rosto, agarrando suas pernas com uma mão enquanto usava a outra para guiá-lo de volta para dentro dela.

Ela o montou vigorosamente, suas coxas e quadris trabalhando enquanto suas bolas batiam contra sua virilha e seu pau duro bombeava para dentro e para fora de sua boceta dolorida.

Ela soltou um grito exultante, esquecendo sua resolução anterior de permanecer em silêncio, e saboreou a sensação enquanto continuava a montá-lo.

Os dedos de Ulgor agarraram suas costas, tentando massagear suas nádegas arfantes, mas encontraram pouca força contra a carne lisa que se movia com tanta urgência.

Ele gemeu, mais alto do que antes, chamando seu nome, e ela jogou seu corpo inteiro em um arco, a cabeça jogada para trás, uma mão apertando um seio enquanto aumentava a velocidade de seus movimentos.

Seu parceiro gritou novamente, um som desesperado, quase soluçando, quando ela sentiu seu pênis finalmente liberar sua semente dentro dela.

Com mais algumas estocadas, ela se juntou a ele, deixando escapar um grito apaixonado quando seu corpo explodiu com uma liberação prazerosa e sua boceta se contraiu em torno de seu pênis ainda espasmódico,

Ulgor estava ofegante, as mãos ao seu lado agora, enquanto ela se afastava dele e escorregava para fora da mesa.

Ela o encarou por um momento, seu peito arfando, lutando para recuperar o fôlego.

Então ela começou a juntar suas roupas.

"O que...?" ele conseguiu dizer, forçando-se em um cotovelo, "Não vá tão cedo ..."

"Eu tenho o que eu queria", disse ele, calçando as botas, "não preciso de mais."

"Agora espere um minuto!" ele gritou, mas, ainda seminu.

Segurando seu robe e colocando sua camisa, ela caminhou até a porta e a abriu.

Ele ainda estava deitado nu sobre a mesa, fazendo uma cara de desamparo e frustração, quando a porta se fechou sem mais palavras de despedida.

CAPÍTULO XXVI
VALERIA

Valeria atravessou o saguão do Colégio de Magos, procurando alguém que conhecesse bem o suficiente para falar.

A vila foi atacada por um demônio, obviamente enviado para roubar algo, e Lady Yasimina a enviou aqui para descobrir o que ela pudesse.

Até agora, eles estavam relutantes em contar às pessoas o que sabiam da ameaça infernal à cidade, mas tendo visto um demônio abertamente, eles agora podiam fazer perguntas sem levantar suspeitas entre os conspiradores, quem quer que fossem.

Na verdade, seria estranho se não o fizessem.

O saguão, porém, estava relativamente vazio, então a elfa decidiu fazer seu próximo movimento em direção à biblioteca.

Ocupava uma parte significativa do prédio e, embora não fosse um bom lugar para se socializar como tal, sempre havia alguém lá.

Ele passou pelo arco de pedra e olhou em volta, as inúmeras pilhas de livros e pergaminhos obscurecendo muito de sua visão do interior.

"Posso te ajudar em algo?"

Ele se virou para ver a bibliotecária espiando de uma coleção de pergaminhos, um sorriso ligeiramente nervoso no rosto.

Estari sabia muito sobre livros e pergaminhos, mas menos sobre o mundo humano real, o que não a teria tornado a primeira escolha de Valeria para descobrir bruxos que poderiam estar envolvidos nas artes das trevas.

Mas pelo menos ela estava presente.

"Sim, talvez", disse ela, aproximando-se quando a pequena mulher e a traça de livros cuidadosamente alisaram seu robe. "Eu estava pensando sobre a seção restrita da biblioteca."

"Oh", disse Estari, um pouco surpresa, "está no porão. E é, bem ... é restrito, sabe. Você precisa de permissão para ler esses livros. Eles são sobre demônios e coisas assim, você sei. Não. ... bem, não é nada legal. "

"Sim," Valeria concordou, tentando não soar como se estivesse afirmando o óbvio, "e eu preciso obter sua permissão, certo? Como bibliotecária."

"Bem, sim ... sim, você precisaria disso. Isso seria ... ou do mestre da faculdade. Mas, caso contrário, sim. Hum ... por que você quer ir para a seção restrita?"

Ela decidiu pela abordagem direta.

"Minha casa foi atacada por um demônio."

Os olhos de Estari se arregalaram e ela fisicamente recuou, segurando uma pena afiada, como se quisesse se proteger.

"Oh, meu Deus!" ele conseguiu dizer, sua voz vacilante.

"Então, eu estava me perguntando ... a quem você recentemente deu permissão para acessar? Alguém esteve na seção restrita nas últimas semanas?"

"Você ... você não acha que alguém da universidade ...?" a bibliotecária perguntou, sua voz subindo meia oitava para um guincho virtual, "Quero dizer ... isso ... isto é ... Esses livros são restritos por uma razão. Sou muito cuidadoso, não deixo as pessoas em, mais. Você sabe. Não poderíamos continuar tendo esse tipo de coisa. " Ela brincou com sua caneta afiada, quase como se estivesse esperando um demônio aparecer atrás das pilhas de livros.

"Então, ninguém então?"

"Não, não ... ninguém vai lá há algum tempo. Bem, exceto Rufus, e ele teve permissão do Mestre da Faculdade. Algo sobre defesas, eu acho. Mas além disso, não ... nem mesmo eu não estive lá. recentemente. Não há muita demanda por esses livros. E os livros estão perfeitamente seguros aqui. "

Rufus, isso foi interessante.

Valeria conhecia o homem como um tolo pomposo e arrogante, mas ele era o tipo de pessoa que invoca demônios?

A princípio, a ideia parecia absurda, já que o homem agia mais se insinuando com os membros ricos e influentes da sociedade.

Mas se o que havia abaixo da cidade, fosse o que fosse, buscasse corromper as pessoas, não seriam eles o tipo de pessoa que buscaria?

E Rufus seria do tipo que recusaria uma oferta de verdadeiro poder se ela fosse oferecida a ele?

Ele certamente não a deixaria passar.

"Bem, obrigado, Estari," ele disse, "Eu não acho que tenho que usar a seção restrita, pelo menos não ainda." Como uma paladina, Lady Yasimina provavelmente poderia encontrar aqui informações mais úteis sobre o Demônio e como para lutar com ele. "Já que não há estranhos mexendo em tomos de artes infernais, suponho que terei de procurar em outro lugar."

"Que bom", disse o bibliotecário, parecendo claramente aliviado, "isso é ótimo. Fico feliz em poder ajudá-lo."

E ele se sentou de volta em sua mesa, espalhando alguns pergaminhos enquanto Valeria se virava para encontrar alguém que pudesse saber mais sobre fofocas sinistras do que a jovem socialmente isolada.

"Não, não", Estari murmurou, meio para si mesma, "nenhum estranho entrou lá procurando por algo assim desde o caso Solomon."

Valeria se virou, franzindo a testa em perplexidade.

"O que importa?"

A bibliotecária ergueu os olhos, como que surpresa por ser ouvida.

"Umm, você sabe, com o mágico."

O elfo voltou para a mesa.

"Eu não tenho ideia do que você está falando. Quem é Solomon? E que tipo de nome é esse, afinal?"

"Do sul. Umm, eu acho. Quer dizer, ele parece um sulista, não é? Ah, certo, você não sabe. Mas era ..." De repente, uma expressão de compreensão cruzou seu rosto, " Oh. Claro, é verdade, você estava fora da cidade fazendo coisas perigosas lá fora. De qualquer forma, ele acabou de destruir um cajado mágico, isso é tudo que ele estava dizendo. "

"E isso tem uma conexão com demônios?"

"Bem, era um cajado demoníaco. Ou diabólico, ou algo assim. Maldito e malvado, de qualquer maneira. Ele o destruiu para nós e baniu a maldição. Dizem que ele é um caçador de demônios, ou algo assim. Ele veio do sul", acrescentou novamente . "Eu acho. É importante?"

"Minha casa foi atacada por um demônio, e este homem caça demônios", observou Valeria, observando que a bibliotecária não parecia muito inteligente fora de sua área de especialização, "onde posso encontrá-lo?"

***

Descobriu-se que Salomão alugou uma casa de tamanho moderado nos arredores da cidade, quase no lado oposto da vila dos aventureiros.

O bairro estava tranquilo, o que sugere que este pode ser um homem que valoriza sua privacidade, já que certamente um lugar mais próximo da universidade teria sido mais conveniente para ele e suas pesquisas e estudos.

Valeria se perguntou novamente sobre a sabedoria de vir sozinha.

Salomão tinha um halo um tanto misterioso, um estranho com conhecimento de demônios que apareceram do nada.

Mas, de certa forma, isso contava a seu favor.

O pouco que sabiam sobre o que havia sob a cidade significava que levaram muito tempo para estabelecer algum tipo de controle com as pessoas na cidade, o que significava que um estranho deveria estar livre de sua contaminação.

Claro, sempre havia a possibilidade de ele ter sido convocado aqui especificamente, mas isso não se encaixaria no fato de que ele claramente destruiu um artefato demoníaco, em vez de roubá-lo para si mesmo, ou pelo menos preservá-lo para uso futuro.

Tudo sugeria que o estranho era o que afirmava ser; um caçador de demônios, que era exatamente o tipo de pessoa de quem ele precisaria de informações.

Ela não contaria a ele sobre seus temores pela cidade, mas seria razoável o suficiente para perguntar ao especialista sobre o demônio que invadiu sua casa.

Além disso, ela não era exatamente uma garota indefesa.

Então, por que ele teve a sensação incômoda de que havia algo estranho nessa misteriosa chegada à cidade agora?

Talvez fosse apenas o nome, que não parecia pertencer a alguma cultura que ela conhecia.

Então, com uma leve sensação de mal-estar, bateu na porta da casa alugada.

Ele podia ouvir alguém se movendo dentro, mas todas as cortinas estavam fechadas, obscurecendo qualquer visão do interior.

Ele bateu novamente, e desta vez ele ouviu passos se aproximando da porta ... uma porta que logo foi aberta por uma mulher em um traje muito notável.

À primeira vista, parecia que deveria ser uma armadura, mas algumas das peças haviam sido esquecidas por alguém.

Ou, para ser mais preciso, e você esqueceu quase todos eles.

A mulher usava botas de couro justas logo abaixo dos joelhos e braceletes de metal em cada pulso, e além disso ... bem, tecnicamente, era cota de malha, mas não parecia proteger muito.

Duas peças triangulares de malha de aço bem tecida cobriam cada tórax, com uma estreita alça blindada no meio e alças de couro adicionais sobre cada ombro e nas costas.

Essa última alça era apertada o suficiente para que as peças da alça levantassem os seios fartos da mulher, dando-lhes um apoio significativo e enfatizando um decote bastante impressionante.

E isso, além das pulseiras e um colar de prata decorado com uma peça esculpida de pedra verde-clara, era tudo o que ela usava acima da cintura.

Seus ombros e braços estavam nus, seus longos cabelos loiros caíam em mechas pelas costas, e sua cintura nua mostrava uma figura perfeita de ampulheta.

Os olhos de Valeria vagaram involuntariamente para algo que, mesmo sendo caridoso, ela achava difícil descrever como uma saia.

Também consistia em duas peças triangulares de malha justa, embora mais alongadas do que as de sua roupa superior.

Eles ficavam pendurados para frente e para trás em um cinto estreito coberto com segmentos de metal, e que não fazia nada para esconder os quadris ou coxas da mulher.

Acima dessa vestimenta curiosa, havia um segundo cinto, mais pesado, do qual pendia uma espada estreita, o tipo às vezes carregado por pessoas do sul.

Porque não havia dúvida de que a mulher era de uma das terras do sul.

Sua pele, a maior parte exposta, era pálida, seu cabelo puro loiro e seus olhos deslumbrantemente azuis.

Valeria decidiu que a mulher não poderia ter saído de casa vestida assim com muita frequência, pois além do efeito óbvio sobre os homens de Tarantia, com sua pele daquela cor, eles certamente deveriam ter sido queimados de sol.

"Você quer alguma coisa?" a mulher perguntou, seu sotaque distinto traindo suas origens do sul novamente.

Valeria percebeu que ele a estava observando com muito cuidado.

Não que fosse uma reação irracional a tal disfarce, mas não era muito educado.

E ele ainda estava tentando descobrir qual era o propósito de tal fantasia, a menos que fosse algum tipo de dançarina exótica.

A espada contava bastante contra essa teoria, mas que tipo de guerreiro iria querer usar uma armadura que deixasse a maior parte de seu corpo desprotegido, ela não tinha ideia: Lady Yasimina era do sul e usava armadura completa.

"Eu estava procurando por Salomão. Eles me disseram que ele mora aqui."

"Sim, é verdade," a mulher estranhamente vestida olhou para o elfo com cautela, "mas quem é você e por que quer falar com ele?"

"Meu nome é Valeria. Eu sou uma feiticeira, do Colégio de Magos daqui. Eu entendo que Salomão é um especialista em demônios, e gostaria de seu conselho."

"É verdade que ele sabe muito sobre como lutar contra o mal," a mulher admitiu, então ficou em silêncio por um momento, avaliando criticamente a feiticeira élfica.

Depois de uma pausa constrangedora, ela abriu mais a porta, embora sua expressão ainda não parecesse muito mais acolhedora.

"É melhor você entrar."

O interior da casa estava na sombra, as cortinas fechadas protegendo a luz solar direta, embora não fossem pesadas o suficiente para deixar os quartos realmente escuros.

A estranha conduziu Valéria para a primeira sala à direita do corredor, que se revelou bastante espaçosa e bem decorada.

A sala foi iluminada com uma luz avermelhada, graças à cor da cortina que cobria a janela.

A maioria da mobília parecia ter sido comprada em Tarantia, mas havia tapeçarias exóticas na parede cujas origens o elfo não conseguiu localizar.

Havia um sofá longo e curvo, que parecia local, mas vários travesseiros espalhados pelo chão que não eram.

Este mago desconhecido e seu estranho companheiro, então, trouxeram pelo menos mais alguns itens administráveis, de sua casa no sul ou de algum outro lugar que eles visitaram.

"Eu sou Sonja", disse a mulher, "sou a parceira de combate de Salomão. Por favor, sente-se onde quiser."

"Então, está aqui?" Valeria perguntou, sem ter certeza do que fazer com a situação.

"Não, receio que não. Ele está a negócios. Mas deve voltar muito em breve, então é melhor você esperar apenas sentado aqui. Temos vinho ou água, se você quiser matar sua sede."

"Obrigado."

A elfa se sentou no sofá, seus sentimentos anteriores de desconforto não haviam diminuído em nada.

Algo não estava certo nessa situação, mas ele não sabia o que era.

Pelo menos ela se consolou com o fato de que Sonja parecia igualmente insegura, e que ela provavelmente não sabia o quão experiente uma feiticeira como Valeria realmente era.

A loira saiu da sala e voltou logo em seguida com uma garrafa de vinho branco e duas taças.

Ela não se sentou, em pé em seu lugar, perto da porta.

"Então, de onde você é?" Valeria perguntou, quebrando o silêncio constrangedor enquanto as duas mulheres se entreolharam.

"Do sul daqui."

Bem, isso foi muito vago.

"E Salomão?"

"Sim, ele também é do sul."

"No entanto, não é um nome do sul."

"Tarantia fica bem ao norte, há muito mais ao sul daqui. Existem muitas cidades diferentes lá."

"Então, a qual cidade Salomão pertence?"

Sonja enrijeceu e pensou claramente sobre sua resposta antes de responder.

"Ele está mais ao sul do que eu. Uma terra distante, não muito conhecida por meu povo, e menos ainda por aqui."

"Como você o conheceu?"

"Ele estará aqui logo, então você pode perguntar a ele então."

A loira cruzou os braços e encostou-se na parede, nunca tirando os olhos de seu convidado.

Parecia que ele não estava com humor para continuar falando.

Não que ela tivesse sido muito aberta até agora, mesmo assumindo que ela tinha sido sincera.

Não tendo muito mais o que fazer, Valeria olhou ao redor.

Parecia confortável o suficiente e as decorações não eram, ele suspeitava, baratas.

Solomon, então, tinha gostos um tanto caros.

Havia algumas esculturas aqui e ali, ele notou, colocadas em mesas baixas ou em suportes.

Alguns eram pedras, imagens do que pareciam deuses ou heróis, mas outros eram marfim, e esses eram animais, muitos dos quais não eram familiares para ele, ou estranhos desenhos abstratos de intrincadas formas curvas e redemoinhos.

As decorações nas tapeçarias das paredes também eram abstratas, ele percebeu, e parecia um tanto estranho sobre elas.

Qualquer que fosse a cultura que Solomon chamava de lar, tinha um senso estético diferente de qualquer pessoa que ele conhecia.

Sonja também era um quebra-cabeça.

Ela carregava aquela espada e dizia ser uma "parceira de combate", o que quer que isso significasse.

No entanto, pelo menos quando ela estava em casa, ela usava roupas ultrajantes e provocantes que pareciam inadequadas para um guerreiro.

Considerando o que ela estava vestindo, era difícil não notar que ela tinha uma figura deslumbrante, com uma cintura estreita e barriga lisa, coxas bem torneadas e um peito largo.

Sua pele pálida parecia perfeita, o que era outro enigma.

Qualquer lutador teria algumas cicatrizes, mas não havia nenhuma que Valeria pudesse ver.

Isso poderia ter sido devido a uma boa magia de cura, mas ocorreu ao elfo que havia uma boa chance de que a própria armadura fosse mágica.

Não fazia sentido em nenhum outro contexto, mas se de alguma forma projetava proteção mágica sobre as partes do corpo que não cobria, isso era pelo menos uma explicação parcial.

Embora, mesmo assim, fosse uma maravilha que ela não estivesse usando nada, e a pose natural de Sonja sugeria que ela estava acostumada com roupas e não tinha sido pega seminua.

Sem falar que fazia muito frio no sul, o que certamente tornava a escolha das roupas ainda mais temerária.

O tempo se arrastou, com Sonja apenas parada ali, observando, e Valeria se sentindo cada vez mais desconfortável.

Finalmente, ela quebrou o silêncio.

"A espera vai ser muito mais longa? Porque já faz um tempo."

"Eu não acho que seja muito mais tempo."

A elfa não se convenceu da contínua evasão da guerreira.

"Talvez eu pudesse deixar uma mensagem", disse ele, "posso voltar amanhã."

"Por que você não toma outra taça de vinho? Vou servir outra."

Sonja foi até a garrafa, afastou-se de Valeria para servir outro copo e deu à elfa uma boa visão de suas nádegas bem torneadas, apenas meio escondidas pelo triângulo de alças em formato de saia.

"Aqui" disse ela, virando-se e estendendo o copo.

"Não, obrigado, eu tenho que ir agora."

Valeria deu um passo em direção à porta e Sonja imediatamente baixou o copo e se moveu para atrapalhar.

Sua mão direita flutuou logo acima do punho de sua espada.

"A espera não vai demorar mais. Você vai perder menos tempo esperando do que voltar amanhã. E você vai economizar outra caminhada."

Atrás das costas, Valeria flexionou os dedos, preparando um feitiço deslumbrante que nocautearia a loira.

A energia mágica começou a envolver seus dedos e ele se preparou para fazer o movimento repentino que lançaria o feitiço.

"Elfos", disse Sonja, "temos histórias sobre eles de onde venho. Perto das florestas de pinheiros."

A feiticeira parou de lançar o feitiço, sem saber o que fazer com a mudança repentina de assunto, mas se perguntando se ela poderia conseguir mais informações dele.

"Eles dizem que encantam as pessoas. Eles lançam algum tipo de glamour nos rapazes, levando-os para a floresta. Muitos não se vêem de novo, mas alguns, dizem, voltam mudados. É verdade? O que você acho?"

"Não sei. Não estou tão familiarizado com essa parte do mundo, como você mesmo disse."

Sonja assentiu, seus olhos nunca deixando os de Valeria, mas sua mão se afastou da espada, os dedos abertos, como se em um gesto de paz.

"Mas isso não é tudo que eles dizem."

"Não?"

"Eles dizem que rapazes ... nem sempre são as mulheres élficas que os amam. Eles dizem que às vezes são homens élficos. Isso parece possível?"

"Talvez. Mas não sei se é verdade."

"Veja, há algo que notei sobre você, Valeria. Algo que me deixa curioso. A propósito, eu uso esta armadura para me proteger."

"É mágico, eu acho?"

"Naturalmente; teria que ser assim, como tenho certeza que você já percebeu. Mas essa não é a única maneira que ela me protege, ou eu escolheria outra coisa. Porque também é uma distração. Quando os homens olham para ela, eles tendem a hesitar, talvez a cometer erros que não cometeriam de outra forma; às vezes pode ser muito vantajoso. Não o tempo todo, claro. Não distrai os animais, obviamente, e é claro que não funciona nas mulheres também. "

Valeria não disse nada, esperando que Sonja dissesse aonde ela queria ir.

"Exceto, Valéria ..." sua voz baixou para um tom ronronado, suave e lento, mas com uma leve ameaça fria, "exceto que isso tem te distraindo, certo? Desde a primeira vez que você me viu, você deu uma olhada .que eu olharia para mim como um homem ... e acredite em mim, eu sei como os homens olham para mim. No começo eu me perguntei se você estava usando algum tipo de magia de fantasia poderosa, mas não acho que seja isso . Então eu pensei que eu tinha que ser cauteloso com você, para mantê-lo aqui até que Salomão voltasse, mas eu não acho que você iria me apresentar esse tipo de perigo, afinal. "

"Não," ele continuou, "Eu não acho que você queira me machucar, nem Salomão, na verdade. Eu não acho que é isso que você quer fazer comigo. Porque você sabe o que eu penso, Valeria? Eu pense naquelas histórias sobre elfos "Elas são verdadeiras. E do jeito que você está olhando para mim, não se trata apenas de homens élficos, é?"

Ele deu meio passo à frente, inclinando-se na direção da mulher élfica de forma que seus rostos ficassem a centímetros de distância.

"Acho que sei o que você quer fazer comigo, Valeria. O que você realmente, realmente, gostaria de fazer comigo."

Eles ficaram assim, um de frente para o outro em silêncio, a elfa tentando não dar qualquer indício de resposta em seu rosto.

Atrás dela, ela moveu os dedos novamente, pronta para lançar o feitiço.

"Sem resposta? Bem, entre nós eu só terei que ver se estou certo, certo?

Dizendo isso, ele se inclinou um pouco para a frente, pegou o rosto surpreso da elfa e a beijou nos lábios.

Valeria se recostou, sem saber como reagir, mas Sonja simplesmente empurrou com mais força, beijando-a novamente e pressionando seu corpo contra o do elfo.

Desta vez, Valeria segurou o beijo, querendo ver como Sonja reagiria, mas se ela estava fingindo alguma coisa, ela era boa nisso, porque momentos depois eles estavam trancados em um beijo apaixonado, línguas entrelaçadas, a mão da mulher humana passando por ela cabelo comprido.

Valeria moveu os dedos, negando o feitiço preparado, e em vez disso estendeu a mão para acariciar o lado nu de sua companheira.

A pele era lisa e macia, quente sob seu toque enquanto ele deslizava a mão para sentir a pele ao longo da coluna de Sonja.

A outra mulher certamente não parecia tão fria e distante agora!

Eles se separaram, respirando pesadamente, e Sonja gentilmente, mas com força, pressionou os ombros da elfa, empurrando-a para que ela se deitasse entre as almofadas espalhadas.

Valeria recostou-se e observou a outra mulher ajoelhar-se sobre ela, com as pernas de cada lado.

Ele ainda não sabia o que fazer com a virada dos acontecimentos, embora fosse difícil desviar sua atenção do magnífico decote do humano, que agora subia e descia de forma mais atraente sob a escassa proteção das alças.

"Você não está tentando me manter aqui, está?" Valeria perguntou a ele.

"Não é por esse motivo que você pensa", respondeu Sonja, sem fôlego. "Se sim, você faria isso?" ela desafivelou o largo cinto que segurava sua espada, e o jogou de lado, fora de alcance. "Você acha que apenas as mulheres élficas têm esse tipo de desejo?"

"Estou percebendo que isso é mais comum entre as mulheres humanas do que eu pensava", admitiu a feiticeira.

"Talvez isso mostre minha sinceridade", disse Sonja, estendendo a mão por trás dele para desamarrar a blusa.

Ele a jogou longe, expondo seus seios grandes e arredondados.

Valeria deslizou as mãos pelos flancos da outra mulher, passou por suas costelas e depois se moveu para acariciar seus seios.

Os mamilos de Sonja eram longos e rosados, inchando quando as pontas dos dedos da elfa roçaram neles.

Independentemente de qualquer coisa que ela pudesse estar escondendo, Valeria duvidava que a mulher humana pudesse fingir essa reação.

Sonja se inclinou para frente, apoiando-se nas mãos e nos joelhos, sobre a feiticeira, seus longos cabelos loiros caindo sobre os ombros e seus seios grandes balançando.

Ela se inclinou para outro beijo breve, então se inclinou para trás para estender a mão e desabotoar a saia, jogando-a ao lado de outra almofada.

Por baixo, ela usava uma calcinha que consistia em não mais do que um único pedaço de tecido marrom macio mantido sobre seus quadris nus por uma tira estreita.

A elfa apertou um dos seios de Sonja, beliscando levemente o mamilo sob os dedos e provocando um gemido de prazer em seu companheiro.

Por fim, a mulher humana rolou de costas, enganchando uma perna ao redor de uma das pernas de Valeria para colocar o elfo em cima dela.

A feiticeira não perdeu tempo se movendo diretamente para aqueles seios grandes novamente, passando as mãos sobre cada centímetro deles, beijando o decote de Sonja.

Em seguida, pressionando a boca sobre um longo mamilo rosa, lambendo e chupando, provocando-o com a ponta dos dentes.

A guerreira deixou escapar um gemido suave, pressionando seus quadris em movimentos circulares contra o tapete sob seus corpos entrelaçados.

"Hmm ... isso é muito bom," Sonja disse feliz enquanto Valeria lambia brevemente a parte interna de ambos os seios, movendo a atenção de sua língua de um lado para o outro.

Uma das mãos da mulher humana se esticou para sentir a curva dos seios de Valeria através do tecido de seu vestido, sem dúvida descobrindo que os mamilos da elfa já estavam duros de desejo.

Mas a feiticeira se afastou dela, ajoelhando-se para dar uma boa olhada na mulher quase nua deitada diante dela.

Ele passou a mão pela barriga de Sonja, cravando o dedo em seu umbigo e descendo em seus quadris arredondados.

Ele ergueu as pernas da mulher uma a uma (Sonja não as usava mais para segurá-la) e lentamente removeu cada bota comprida.

A mulher humana torceu os dedos dos pés e Valeria beijou seus tornozelos, deslizando a língua por dentro da canela, depois bateu suavemente na parte de trás dos joelhos.

As pernas do guerreiro estavam abertas, sua minúscula calcinha agora sua única peça de roupa restante.

Valeria deslizou a mão por uma coxa bem torneada para alcançar o fio dental.

Antes que ela percebesse, Sonja torceu as pernas e a jogou de costas, mais uma vez se curvando sobre ela.

"Cabe a você mostrar," disse o guerreiro loiro, "deixe-me ver o que você tem a me oferecer."

Ele puxou a saia de Valeria para cima em torno de seus quadris, passando as mãos sobre suas coxas expostas e depois para baixo na parte de trás de sua calcinha para sentir suas nádegas.

"Você fica em boa forma", observou ele, "deixe-me ver o resto."

Com alguma dificuldade, como Sonja ainda estava segurando as pernas presas entre as dela, Valeria começou a tirar o vestido.

A outra mulher logo a estava ajudando, despindo-a tanto da vestimenta quanto da camisola por baixo.

Ele segurou um dos seios pequenos do elfo, esfregando o mamilo com o polegar.

"Acho que minha teoria sobre as mulheres élficas parece bastante correta agora, não é?" ela perguntou, inclinando-se para beijar a feiticeira antes que ela pudesse responder.

Foi um beijo longo e apaixonado.

Valeria passou as mãos pelos cabelos da mulher e pelas costas enquanto seus seios se apertavam.

As pernas do humano se soltaram, enquanto seus quadris começaram a se mover ligeiramente contra os de Valeria.

Ela aproveitou a oportunidade para rolar seu parceiro de costas, em outra pilha de almofadas espalhadas.

Ela caiu de joelhos enquanto as mãos de Sonja percorriam seu corpo, seu toque gentil era tentador.

As mãos se moveram para baixo, abaixando a calcinha em torno das coxas.

Sonja acariciou seu monte exposto, despenteando o cabelo macio e fazendo sons apreciativos.

Valeria se abaixou, acariciando as coxas e quadris de sua parceira por um momento, antes de puxar sua calcinha para baixo.

O cabelo loiro de Sonja era espesso e a maneira como suas pernas já estavam abertas, mantendo a elfa em posição significava que seu sexo estava totalmente exposto.

Valeria correu um dedo sobre ele, descobrindo-o úmido de antecipação.

O guerreiro estremeceu com o toque, deixando escapar um longo suspiro enquanto a elfa continuava a esfregar seus lábios inchados e obviamente ansiosos.

Valeria enfiou um dedo lá dentro, esfregando suavemente enquanto fazia isso, fazendo a outra mulher se contorcer de desejo.

As pernas de Sonja tremeram quando ela soltou um gemido soluçante e, com uma torção, Valeria se livrou delas, aproveitando a oportunidade para remover completamente a calcinha dela e a de seu parceiro.

Sonja se sentou e eles se abraçaram, se beijaram e exploraram o corpo com as mãos.

Os beijos da mulher humana deslizaram por seu pescoço, sobre sua clavícula, enquanto Valeria arqueava a cabeça para trás.

Sonja pressionou os lábios contra cada um dos mamilos da elfa por sua vez, lambendo-os com a ponta da língua.

Então ele pegou o corpo de Valeria em suas mãos, puxando-a lentamente para trás e empurrando-a para longe.

A princípio a feiticeira não tinha certeza do que a outra mulher queria, mas logo ela estava ajustando as pernas e elas se sentaram, meio curvadas uma sobre a outra, as pernas posicionadas de forma que seus bichanos se tocassem.

Sonja começou a esfregar para cima e para baixo, seus lábios sensíveis e expostos deslizando um contra o outro em um movimento rítmico.

A guerreira estava corada, seus olhos fechados e repetidamente ofegando ruidosamente, enquanto seus quadris continuavam sua deliciosa rotação contra a vagina de Valeria.

A elfa estendeu a mão para acariciar os seios fartos de seu companheiro, admirando a maneira como eles se moviam enquanto os gritos de Sonja ficavam mais urgentes.

Ele pressionou contra a outra mulher, gentilmente forçando-a de costas e quebrando o abraço.

Sonja gemeu de frustração até Valeria colocar a mão sobre sua boceta molhada, seus sucos agora se misturando levemente com os dela.

Ele deslizou um dedo e depois um segundo enquanto Sonja arqueava as costas, erguendo os quadris no ar.

Valeria agarrou uma das almofadas com a mão livre, colocando-a sob as nádegas do guerreiro para fazê-la se sentir mais confortável.

Sonja se sacudiu contra sua mão esguia, incitando-a a empurrar mais rápido, e Valeria obedeceu, atraindo os gritos mais altos da mulher humana.

Ela continuou o movimento, bombeando com mais força, esfregando o polegar contra o clitóris da outra mulher e admirando a ascensão e queda cada vez mais rápida dos seios fartos de Sonja.

Inclinando-se, sem suavizar suas atenções sobre a boceta escorregadia da mulher, ele mais uma vez tomou um longo mamilo rosa em sua boca, beijando-o e pressionando seu rosto contra a maciez do monte.

Sonja chegou de repente, chorando e depois ofegando pesadamente ao recuperar o fôlego e escapar dos dedos ainda brincalhões da elfa.

"Eu pensei que você estaria certo", disse ela, "mas ..." e então parou quando Valeria manobrou sobre o rosto dele, desejando sua própria liberação, sabendo que sua própria boceta estava mais do que pronta.

Ela sentiu o dedo brincalhão de Sonja em seu clitóris e suspirou de alívio quando o guerreiro começou a movê-lo suavemente.

Logo o dedo se moveu mais fundo, repetindo suas próprias ações urgentes de momentos antes.

Ela se abaixou, até que sentiu a língua e os lábios da mulher começarem a lamber seu clitóris enquanto o dedo continuava a sondar ritmicamente.

Ele estava perto, ele sabia, balançando os quadris para frente e para trás no tempo, incapaz de evitar que gemidos apaixonados escapassem de seus próprios lábios.

Os seios pesados de Sonja pressionados contra sua barriga, seus mamilos pressionados contra sua carne, quando seu dedo alcançou sua profundidade mais profunda e ela sentiu uma sucção suave em seu clitóris que finalmente a levou ao limite.

Ela desabou, rolando para se deitar nas almofadas enquanto recuperava o fôlego.

Depois de um momento, ele se ergueu sobre um cotovelo, afastando uma mecha de cabelo dos olhos.

A guerreira ainda estava deitada lá, seus seios subindo e descendo suavemente agora, suas pernas ligeiramente separadas e com uma expressão profundamente satisfeita em seu rosto.

Valeria se levantou e foi até a taça de vinho esquecida, pensando em matar a sede.

Mas quando ela o trouxe aos lábios, ela notou um cheiro inconfundível no cheiro que não estava lá antes.

O vinho estava drogado, algo que um mero nariz humano poderia ter dificuldade em detectar.

Obviamente, Sonja não conhecia elfos tão bem quanto ela pensava.

O guerreiro deve ter notado sua reação e hesitação com a taça de vinho, porque, com uma maldição repentina, ela rolou no chão, pegando o cinto da espada descartado para sacar a arma.

Antes que ela pudesse terminar de removê-lo da bainha, a mão de Valeria moveu-se rapidamente e ela murmurou um encantamento, lançando uma explosão de luz azul prateada em direção à mulher.

Os olhos de Sonja se fecharam e ela desabou, o punho da espada caindo de seus dedos entorpecidos enquanto um sono pesado a alcançava.

Valeria praguejou baixinho e pegou suas roupas, espalhadas nas almofadas do chão.

Quando ela terminou de puxar a camisola pela cabeça, houve uma batida repentina atrás dela e ela se virou para ver um homem parado na porta repentinamente aberta.

Ele estava vestido com uma longa túnica, decorada com símbolos abstratos, alto e com cabelos longos tão loiros que eram quase brancos.

Ela tentou lançar outro feitiço, mas suas mãos ainda estavam presas em suas roupas, e um instante depois foi ele quem lançou um feitiço, e um flash de luz encheu sua visão.

E então tudo escureceu quando Valeria caiu no chão inconsciente.

CAPÍTULO XXVII
AGRA

Duas figuras caminharam lentamente por um túnel estreito abaixo da cidade.

A maior segurava uma pequena lanterna, lançando longas sombras nas paredes e iluminando manchas de umidade brilhante onde o ar quente condensava contra a pedra fria.

O túnel virou bruscamente para baixo, degraus irregulares mergulhando na escuridão abaixo.

Com um grunhido, a figura maior desligou a lanterna.

"'Vossa Excelência não gosta de luzes", disse uma voz masculina triste, "Exceto as que já estão lá embaixo. Portanto, observe onde pisa."

"Isso é fácil o suficiente para Vossa Senhoria dizer", comentou uma voz de mulher, "já que um elfo escuro não precisa de luz."

"Faremos assim e pronto. Ou você não virá. Só trouxe você porque ela pediu por você. Mas você não é um de nós. Posso deixá-lo para trás e dizer que você também é assustado."

"Eu não disse que precisava de luz, disse? Você vai passar por maus bocados nessas escadas, não eu."

O homem rosnou novamente, abafado.

"Sim, tanto faz. Você vem ou o quê?"

Em qualquer caso, eles não tinham caído muito antes de um leve sinal de luz começar a iluminar a escada, vindo de algum lugar abaixo.

A dupla desceu, o homem corpulento se movendo lentamente, tateando ao longo da parede e suas botas de espigão raspando a escada.

Atrás dele, a mulher se movia com mais confiança, pisando levemente quase silenciosamente.

Quando a luz melhorou, o homem olhou para trás.

Ele viu sua óbvia falta de preocupação e até uma leve impaciência com seu progresso lento, e jurou algo sobre "bruxas sangrentas" em voz baixa.

Logo, eles emergiram em uma câmara redonda, iluminada por um pequeno número de tochas colocadas em arandelas contra as paredes.

Algum entulho cobria parte do chão, mas havia um espaço mais ou menos aberto no meio, e vários outros arcos estreitos levando para a escuridão, além daquele por onde haviam passado.

Um grupo de figuras vestidas com mantos estava no meio da sala, evidentemente esperando sua chegada.

"Você demorou, Yamcha", disse o mais alto.

Uma voz profunda e sonora, do tipo acostumada a dar ordens, ou talvez falar em público.

"Eu avisei que você traria, certo?" disse o homem, puxando o capuz sobre a cabeça e movendo-se para se juntar aos outros, que já estavam se formando em um círculo irregular.

"Sim, por que ela está aqui?" disse outra voz, desta vez uma que ele reconheceu: Rufus, o mago.

"E quem exatamente é essa vadia?" Uma mulher disse em uma voz estridente e estridente. "Espero que não seja o sacrifício, eles nos prometeram algo melhor."

"Ela está aqui porque pedi a Yamcha para trazê-la."

Essa era Lady Gedren, facilmente identificável pela forma como sua túnica, ao contrário das outras, abraçava sua figura e pela corrente de prata que ela usava no peito.

"O nome dele é Agra", continuou o elfo negro, "e ele vai nos ajudar."

"Karg está com o cativo, eu presumo?"

"Não, receio que não. É por isso que convoquei esta reunião."

Gedren parecia um pouco inseguro enquanto ela falava.

Ele estava perdendo o controle da situação, Agra se perguntou?

Seus olhos se voltaram para os outros na câmara.

Alguns eram difíceis de distinguir na sombra, agora que a presença da luz a forçava a confiar apenas na visão normal.

Pessoas que ele não conhecia, exceto Rufus, Gedren e Yamcha.

Eu poderia ver, doze, um grupo de treze, se você contar os Karg desaparecidos.

"Não porque não?"

Houve um murmúrio geral de concordância com essas palavras das outras figuras vestidas.

"Porque ele está morto."

Isso os silenciou, pelo menos por um momento.

Então o clamor começou e Gedren teve que levantar a mão para exigir silêncio.

"A Presença me informou de seu desaparecimento. Devemos presumir que o sacrifício a iludiu, talvez tenha virado o jogo. Afinal, ela é uma mulher-rato, dificilmente indefesa. Karg evidentemente cometeu um erro, e agora ela pagou. sua vida. Espero que ninguém mais aqui seja tão tolo quanto ele! "

"Nós sabemos exatamente o que aconteceu?" Era uma voz de mulher, uma que não tinha falado até agora.

"A Presença não vê com os nossos olhos. Apenas sentiu o seu desaparecimento, e o resto é um palpite. Mas, considere que a mulher-rato não vai às autoridades, então o que temos a temer? Mesmo que ela soubesse de nossos planos, o que eu duvido. "

"Não ouvi falar de nenhuma reclamação", confirmou um homem.

Um jeito seco e militar de falar ... Agra presumiu que fosse um guarda.

Fazia sentido que esse grupo de conspiradores tivesse pessoas em tantas posições de autoridade diferentes quanto possível.

"Precisamente. Mas significa que precisamos de um novo sacrifício. Alguém tem alguma sugestão? Um parente, de preferência."

"Ela também deveria ser", disse Rufus, insistentemente, "uma jovem atraente. Não se esqueça do que planejamos fazer com ela antes do sacrifício."

"O que você planeja fazer, Rufus", disse a mulher com a voz soberba, "sabe, alguns de nós preferiríamos um homem."

"Já passamos por isso, mais da metade de nós é do sexo masculino, então temos a maioria!"

"Se for um parente", disse o homem que falara primeiro, o de voz poderosa, "você é casado, não é, Rufus?"

"Sim minha irmã!" quebrou outra voz, com uma onda de diversão.

"Bem, isso dobra o valor, então. Esse é o tipo de traição de que precisamos."

Rufus gaguejou:

"Você viu minha esposa? Baixa, gorda e chata como uma flanela molhada! Tenho certeza de que o irmão dela pode testemunhar!"

"Certo", admitiu o irmão, "ele está certo sobre isso."

"Eu casei com ela por causa de seus relacionamentos ricos, como você bem sabe. Eu certamente não faço sexo com minha esposa há anos, e não vou começar agora. Adabela provavelmente nem se lembra do que é sexo."

* * *

A esposa de Rufus, Adabela, era, como ele a havia descrito de maneira um tanto rude, uma mulher bastante baixa e rechonchuda com uma figura que era mais uma maçã do que uma ampulheta.

Tinha cabelos cacheados e um rosto redondo e rechonchudo no qual, embora ainda não fosse muito velha, poucos homens a notariam realmente.

No entanto, no momento em que seu marido e irmão a olhavam com desprezo, ela estava agachada de quatro em sua cama de casal, completamente nua, enquanto seu servo lhe dava uma vigorosa foda de cachorrinho.

Olgerd foi uma verdadeira descoberta.

Ela era relativamente nova no emprego, uma das criadas que ela e o marido insistiam em ter sempre por perto, embora Rufus raramente estivesse lá durante o dia e, cada vez mais, também não à noite.

O que combinava perfeitamente com Adabela, porque ela tinha tão pouco interesse nele quanto ele nela.

O casamento fora de conveniência, a filha de um rico comerciante que poderia ajudar o mago esnobe a entrar nos círculos sociais da elite da cidade.

Ela não tinha falado muito sobre isso e logo descobriu que seu marido não era do seu agrado.

Quando Olgerd chegou, ele suportou vários anos de celibato relutante.

Mas aquele era um jovem bonito, solteiro e não tinha mais da metade de sua idade.

Ela lutou um pouco com sua consciência antes de tentar seduzi-lo.

Ele ainda se lembrava daquele primeiro encontro vividamente.

Eles estavam sozinhos em casa.

Ela não sabia onde Rufus estava na hora, mas a cozinheira e a empregada estavam fazendo compras no mercado que levaria algum tempo.

Ela disse a ele para ir para o quarto dela porque precisava de ajuda com o guarda-roupa, e ele concordou com relutância.

O plano que ele bolou era simplesmente flertar com ele, para acostumá-lo com a ideia, deixando-a crescer nas próximas semanas.

Mas no final das coisas não funcionou assim.

Ele estava colocando seus vestidos na cama, parecendo bastante tímido e calmo, seus olhos raramente se erguendo.

Adabela se inclinou ao lado dela, mais perto da coisa certa.

"Essa está um pouco desgastada, viu? Vai precisar de alguns consertos."

"Não tenho certeza se vejo", disse ele, dando meio passo para longe dela, e ainda sem olhar em sua direção.

"Bem ali", disse ele, estendendo a mão e apontando para uma falha imaginária em seu punho.

Ao fazer isso, ele moveu o braço para esfregar deliberadamente contra sua virilha.

Para sua surpresa, ela descobriu que ele já apresentava o início de uma ereção.

"Uh, sim, claro, senhora," ele disse, saindo do caminho dela, mas não antes que ela pudesse ver o rubor subindo por suas bochechas.

Felizmente, ele estava olhando em uma direção diferente e não viu seu próprio sorriso satisfeito.

Foi um começo mais promissor do que eu esperava.

"Preciso de um vestido para jantar no Clã na próxima semana", informou ela, "você tem alguma recomendação?"

"Eu ... realmente, não seria da minha conta ... não algo ..." as palavras caíram umas sobre as outras enquanto eu lutava para evitar seus olhos, "Quer dizer, eu não acho que seria apropriado para mim, senhora ".

"Que merda, eu decido o que é apropriado. Vamos fazer isso, vou experimentar alguns desses, e você pode me dizer o que acha sobre como fica para mim."

Ele parecia nervoso, apertando as mãos, mas conseguiu dizer "se quiser, senhora. Vou esperar lá fora".

"Não seja ridículo, apenas espere aqui."

"Mas ..."

"Isso é uma ordem."

Ela se afastou dele e começou a desabotoar o vestido, puxando-o pela cabeça e ficando de camisola.

Ela ficou muito nervosa enquanto ele observava o que ela estava fazendo e resolveu que isso seria o suficiente por hoje.

Acostumá-lo ao fato de que às vezes ela se despia ficando de cueca na frente dele, e ele certamente teria a chance de empurrar com mais força em ocasiões futuras.

Afinal, aquela ereção parcial dele era certamente devido aos nervos, e seria preciso persuasão cuidadosa para realmente vê-lo como um parceiro sexual.

Ela se virou para vê-lo corado e com as mãos na virilha.

Ele tentou fazer com que parecesse um gesto casual, mas não teve muito sucesso.

Seus olhos olharam para ela, não mais a evitando, apesar de sua tentativa de fingir o contrário.

Isso já estava indo melhor do que ela pensava!

Lenta e deliberadamente, ele se abaixou para desfazer um de seus sapatos.

A camisola dela estava folgada o suficiente para que ele pudesse dar a ele uma visão completa de seu decote rechonchudo, e quando ele olhou para cima, ele pode ver os olhos dela fixos nele, antes de subitamente desviar o olhar, como se o tempo todo ela tivesse ficado fascinada por um ponto na parede.

Ele tirou o outro sapato e se sentou na cama.

Ela iria colocar um dos vestidos que estavam ao lado dela, e então deixar por isso mesmo, mas suas reações até agora sugeriam que ela poderia estar prestes a perder uma oportunidade de ouro se fizesse isso.

Quão longe ela poderia levá-lo esta noite, ela se perguntou, seu próprio coração batendo forte em seu peito?

"Venha aqui", disse ele.

"Uh ... sim, senhora", respondeu ele, tentando rastejar para longe enquanto ainda mantinha as mãos sobre a virilha dela.

O motivo era óbvio para ela; a protuberância inconfundível em suas calças.

"O que ...? Uhmm, o que você quer que eu faça?" ele lambeu os lábios, obviamente ainda sem saber como reagir a ela.

"Você tem escondido algo de mim, Olgerd", ela o informou, deixando uma nota severa rastejar em sua voz.

"Desculpe senhora ... eu não entendo."

Ela estendeu a mão, bateu as mãos sobre ela para colocá-las em suas pernas em volta dos quadris.

A protuberância em suas calças de algodão era ainda mais evidente agora, e ele lutou fracamente com as mãos enquanto ela agarrava o cordão para desamarrá-lo.

Seu pênis ficou livre, grande e obviamente muito firme na frente dela.

"Senhora!" ele engasgou, finalmente pensando em cambalear para trás, mas agora impedido pelos tremores que deslizavam em suas coxas, "Eu sinto muito ... eu ..." Ele lutou com suas roupas, tentando puxá-la, mas cutucando com muita força. em sua vergonha.

"Eu não vejo nada de que você deva se arrepender. Nada mesmo."

"Eu ... quero dizer, eu ..." a natureza da reação dela finalmente pareceu afetá-lo. "Oque quer dizer?"

Suas mãos caíram para os lados, sua calça finalmente escorregou até os tornozelos, seu pau estava orgulhoso e seus olhos finalmente ousaram olhar diretamente para ela.

"Acho que fui bem claro. Vi o que precisava ver ... e parece que você também quer ver alguma coisa."

Ele enganchou a barra da camisola em torno de seus quadris, observando sua reação.

Suas coxas estavam gordas e pálidas, e ela se preocupou por um segundo que sua queimação óbvia pudesse finalmente começar a falhar.

Mas, longe disso, em vez disso, ela fixou o olhar em sua pele exposta e começou a acariciar lentamente seu pênis.

Ela puxou a camisola pela cabeça, deixando os seios rechonchudos se soltarem, e foi recompensada ao ver os olhos de Olgerd quase saltando das órbitas.

Ele soltou seu pênis, de repente vasculhando suas roupas, tirando sua camisa e outras roupas restantes, enquanto ela se deitava na cama, suas costas nuas pressionadas contra os vestidos elaborados dispostos ali.

"Oh sim!" Olgerd engasgou, agora nu, subindo na cama enquanto ela tirava a calcinha e a jogava fora.

Olgerd olhou para ela com olhos que pareciam absorver cada curva arredondada de seu corpo enquanto ele se inclinava sobre ela.

Ela abriu suas coxas rechonchudas tanto quanto podia, deixando-o ver tudo, esfregando sua boceta quente tentadoramente.

Ele olhou para ela com uma ereção latejante a poucos centímetros de sua fenda molhada ... e, com um soluço, ele ejaculou prematuramente.

Ele se afastou dela, a angústia repentinamente estampada em seu rosto.

"Oh senhora ... me desculpe ... eu não posso ... por favor, me perdoe!"

Seus olhos, que começaram a se encher de lágrimas, seguiram o rastro de esperma quente que escorregou por suas coxas gordas e caiu sobre o tecido de um dos vestidos caros.

Ele quase teria fugido naquele momento, mas o tempo que levou para recolher suas roupas deu-lhe a chance de dissuadi-lo.

Embora ela não pudesse agir de outra forma, ela o forçou a dar-lhe uma forte dose de cunilíngua em um esforço para se desculpar, e Adabela alcançou o que foi sem dúvida o melhor orgasmo de sua vida até então.

Mas essa, claro, foi a primeira vez.

* * *

"Em qualquer caso", disse Gedren, "uma esposa meio separada não é uma traição terrível. Precisamos quebrar a confiança que a vítima acredita ser sagrada. Um membro da família é bom, mas talvez alguns de vocês tenham outros trustes como isso? inviolável?

"Bem, não há muita confiança entre meu povo", Yamcha rosnou, "Eu posso pegar quem você quiser, mas pessoas em quem confio? Nada."

"Bem, chega", interrompeu-o a arrogante mulher, "e, de qualquer modo, não queremos nos associar a prostitutas comuns. Alguém pode pegar alguma coisa."

"Ei! Eu não conheço apenas prostitutas, Antistia! A propósito, e quanto à sua família?"

"Se eles me dessem o respeito que tenho direito, eu não estaria aqui. O destino deles virá quando tomarmos o controle da cidade, e nem um momento antes. Você precisa me ver ocupar meu lugar de direito."

"Chega de brigas!" retrucou Lady Gedren, "uma sugestão sensata de alguém, por favor?"

"Eu posso conseguir alguém", disse o homem alto em voz grave, "Como o sacerdote sênior do Deus Sol, muitos depositaram sua confiança em mim. Tenho certeza de que posso encontrar um adequado ... "ele fez uma pausa, saboreando as palavras," Uma freira, talvez? "

"Uma freira! Parece uma boa ideia!" disse um dos homens.

"Uma jovem, é claro", disse Rufus.

"Tenho certeza de que posso encontrar alguém devidamente confiável e inocente. Em troca de entregá-la a você, espero ser o único a deflorá-la, é claro."

"Enquanto todos nós observamos e esperamos nossa vez," Gedren concordou, "submetendo-a aos atos sexuais mais degradantes que nossas mentes podem conjurar. Uma excelente ideia, Neochorus, parabéns. Mas agora há outro assunto que requer nossa atenção." "

"Eu preciso lembrar você", ele continuou. "Deve haver treze de nós para a cerimônia. Com Karg fora, precisamos de outro."

"A Presença ocupa a mente de muitos de nossos próprios seguidores", observou o guarda, "podemos escolher qualquer um deles."

"Não é tão fácil, Sertorius," respondeu o elfo escuro, "eles são simplesmente ferramentas da Presença. Precisamos induzir alguém de boa vontade, alguém que escolha ser um de nós. O que me leva a Agra, aqui hoje." .

Então era isso.

Ele saiu das sombras para o círculo, olhando em volta para as figuras com mantos e capuzes.

Agora ele sabia os nomes de alguns deles, e ficou claro por que eles não tinham medo de usar esses nomes em sua presença.

Ela se juntaria a eles, ou assim esperavam.

"Agra aqui é uma necromante. Ela trabalhou recentemente com Karg e pode facilmente tomar o lugar dele. Suas artes necromantes são, em qualquer caso, cruciais para nosso plano de assumir o controle da cidade."

"E o que, exatamente, eles têm a me oferecer? Eu imagino que Rufus aqui já tenha sido prometido para governar os magos desta nova cidade dele. Não que ele quisesse tal dever, em qualquer caso."

"Oferecemos-lhe conhecimento", disse Gedren, "é isso que exigiu como recompensa até agora, não é? E o que lhe oferecemos até agora é uma ninharia em comparação com o conhecimento sombrio que obterá com a comunhão com a Presença. É uma criatura do próprio Inferno, e seus segredos são terríveis. Eu sei que você não está procurando por poder, embora esse conceito seja estranho para mim, mas você está procurando a compreensão do mais negro dos poderes. Onde melhor entendeu, certo? "

Agra hesitou, um tique de curiosidade em seus traços delgados.

No entanto, suas mãos ossudas se moveram para o lado, prontas para lançar feitiços caso ele precisasse escapar.

"E se submeter ao poder de alguma outra entidade? Isso não parece gratificante."

"Você não se submeteria, não. Nós doze, treze, se você se juntar a nós, mantemos nosso livre arbítrio, ele não tem controle sobre nós como tem sobre os outros. A Presença irá ajudá-lo, sussurrando seu conhecimento para você em troca de sua ajuda para carregá-lo. para reinar aqui no mundo mortal. O que você fizer depois disso não diz respeito a ele ou a nós. "

Ela hesitou.

A promessa de tal compreensão, uma parte dos próprios poderes infernais, era verdadeiramente tentadora.

Além disso, eles realmente a deixariam ficar fora da conspiração, depois de tudo o que ela já tinha ouvido?

Parecia haver poucas opções, se ela quisesse viver.

"Muito bem", disse ela, "então me juntarei a você."

"Dê um passo à frente, minha querida", disse o elfo escuro, estendendo o braço.

A escuridão absoluta de sua pele a tornava quase invisível na escuridão.

"Tenho uma pergunta." Era Antistia, a nobre, falando.

"Sim?" A voz de Gedren mostrou um lampejo de irritação.

"Perdemos nosso sacrifício original, mas posso perguntar o que aconteceu com o incensário?"

"Oh, isso", sorriu Lady Gedren, um lampejo de dentes brancos contra lábios negros, "essa parte funcionou bem. Nós a temos, está em nossa posse. Por enquanto, o agente que contratei para adquiri-la a mantém segura. A Presença me garante que as mãos deles são as mais seguras para mantê-lo escondido. Você pode questionar, se quiser, mas pode confiar em mim: nossos planos estão indo perfeitamente bem. Assim que tivermos o sacrifício, e a conjunção estelar será correto, nada pode nos parar. "

"Agora", disse ela, virando-se para o necromante, "chegue mais perto de mim."

***

Desde aquela primeira vez, Adabela encontrava desculpas regulares para tirar os outros criados de casa para ficarem sozinhas com Olgerd.

Eles provavelmente já haviam adivinhado o que estava acontecendo, mas parecia que estavam considerando a coisa certa a fazer.

Rufus, é claro, não fazia ideia, e era tão raro vê-lo hoje em dia que ele não era mais uma grande preocupação.

Olgerd engasgou enquanto continuava a bombear dentro dela, seus quadris empurrando no ritmo do bater rítmico de carne com carne.

Não era apenas que ele era bonito, era: cabelo escuro com costeletas compridas e olhos castanhos profundos.

Ele também tinha uma barriga lisa, peito atlético e ombros largos, todos os quais ela achava atraentes.

Mas, apesar de tudo isso, foi seu entusiasmo óbvio que realmente a cativou.

Às vezes ela se perguntava o que o levava a tais alturas quando outros homens não reagiam a ela da mesma maneira, mas no final, isso realmente não importava.

Olgerd agarrou suas nádegas redondas enquanto continuava a golpear seu pênis para dentro e para fora, enchendo-a de sensações maravilhosas que a fizeram gemer de prazer.

Suas coxas e barriga balançaram com a força de seus impulsos, seus dedos cavando no colchão.

Ela percebeu que seus movimentos eram agora mais rápidos, seus gemidos eram mais altos, já que ela estava obviamente se aproximando do clímax.

Mas ela ainda não tinha acabado com ele e queria mais.

Ela girou, forçando seu pênis a deslizar e bater em uma de suas coxas.

O servo deixou escapar um gemido desapontado enquanto rolava de costas.

Ela se mexeu na cama para vê-lo melhor, agora ajoelhado ao lado dela.

Seu corpo estava suado por seus esforços recentes, seu peito cabeludo se movia para dentro e para fora, seu pau balançando para cima e para baixo, ainda escorregadio com seus sucos.

Ele se sentou nas coxas dela, afastou uma mecha de cabelo do rosto e olhou ansiosamente para ela.

"Adabela," ele disse simplesmente, movendo a mão para agarrar um de seus seios, massageando seus mamilos grandes.

Ele olhou em seus olhos e continuou a massagear sua carne enquanto sua ereção pressionava contra seu lado.

Fazendo um movimento repentino, ele montou nela, as pernas em cada lado de sua barriga.

"Por favor, senhora" ele disse "Por favor?"

Ela sabia o que ele queria dizer e estava relutante em conceder-lhe o desejo, sabendo que isso causou a única decepção desde seu primeiro encontro, quando ela foi incapaz de conter sua semente.

Mas talvez ele merecesse um pouco esta noite.

Ela assentiu e ele se inclinou para frente, seu pênis pressionado contra seu amplo decote.

Ela apertou os seios, envolvendo-o, e ele começou a se empurrar com entusiasmo entre eles, gemendo de pura felicidade.

Ela o deixou continuar por um momento, saboreando a sensação de seu pênis duro contra sua carne antes de liberá-lo novamente.

Ele balançou a cabeça, aparentemente entendendo seus motivos para não continuar.

"Obrigado, senhora", disse ele, e se afastou, passando o pênis sobre o inchaço de sua barriga, parando por apenas um segundo para pressionar a ponta contra seu umbigo antes de se mover entre suas pernas abertas.

Ele esfregou a curva interna das coxas dela com os dedos, seguindo o movimento de sua própria mão com os olhos enquanto ela deslizava sobre seu corpo e através da espessa camada de cabelo em seu monte.

Ela deslizou os dedos entre os lábios úmidos, depois os separou, permitindo que ele visse dentro dela, implorando silenciosamente que reiniciasse o que havia parado.

Com um impulso repentino, ele estava de volta dentro dela, enchendo-a, seus quadris musculosos moendo contra a almofada macia de seu corpo.

Ele engasgou alto, suas mãos correndo sobre seus seios carnudos e flancos enquanto seu pênis deslizava para dentro e para fora, às vezes quase completamente livre, outras vezes empurrando o mais longe que podia.

Sua barriga gordinha deslizou contra a dela, e ele aumentou a urgência e a força de suas estocadas, fazendo a cama ranger e seus seios balançarem.

Desta vez, ela se rendeu à sensação, deixando-se levar.

Ela gemeu, cravando os dedos nas costas dele, apertando as coxas entre as dele, erguendo os quadris para satisfazer seus movimentos.

Eles vieram juntos no clímax, ele soltou um longo grito de liberação, e ela gemeu de profunda satisfação quando eles se agarraram e se abraçaram.

Por fim, ele rolou para o lado dela, aconchegando seu rosto em seus seios, beijando-a suavemente e lambendo seus mamilos enquanto ela descia do clímax.

Oh sim, era bom tê-lo por perto em casa.

* * *

Imagens diferentes passaram por sua mente, de passagens escuras e templos de aparência estranha.

Em algum lugar ao longe, um batimento cardíaco foi ouvido, ficando mais alto e mais perto.

Uma sala iluminada por quatro altas chamas verdes encheu sua mente, e ele sentiu ... uma presença.

Ela era malévola, como sabia que seria, paciente, mas cheia de raiva.

Ele podia senti-la testando seus próprios pensamentos e memórias e, tarde demais, ela renovou as dúvidas sobre sua decisão.

A coisa queria cuidar dela, independentemente do que Gedren acabasse de dizer.

Talvez a cerimônia exigisse apenas que o passo inicial fosse dado por meio de uma escolha livre, ou talvez a compreensão da entidade demoníaca do livre arbítrio fosse mais limitada do que a sua.

De qualquer maneira, ele queria possuí-la.

Ela atingiu as paredes mentais, bloqueando sua mente.

Ela havia desenvolvido essa habilidade como necromante, e pelo menos ela tinha alguma compreensão do tipo de entidade que enfrentava.

Não os detalhes, e ele nunca enfrentou nada tão poderoso, mas ele teve o cuidado de entender a magia dos mortos, as forças hediondas do Outro Lado.

Ele tinha mais habilidade para fazer isso do que qualquer outra pessoa aqui, exceto talvez a própria Gedren.

Ele pensou em coisas que a Presença já saberia, ou adivinharia; conhecimento das artes das trevas.

Ele a deixou se divertir com eles, pensando que ela havia consumido as profundezas de seu próprio entendimento.

Mantenha-o longe do âmago do seu ser.

Não seria controlado, não seria uma marionete.

Mas, por enquanto, ela serviria à Presença e o ajudaria a alcançar sua vitória aqui no mundo mortal.

Acontece que ela também cuidaria de sua própria segurança, se isso fosse necessário.

Agra abriu os olhos e Gedren estava sorrindo.

CAPÍTULO XXVIII
ESTARI

"Ele foi ver um mago chamado Solomon," Conan explicou, enquanto eles estavam do lado de fora do Colégio dos Magos, "ele é um visitante da cidade, não alguém de quem eu tenha ouvido falar antes."

"Eu ouvi falar dele," Yasimina disse, inesperadamente, "ele é um caçador de demônios. Ele foi mencionado no templo Ymir. De qualquer forma, eu ia sugerir que você o visitasse."

"E depois de vê-lo, Valeria desaparece? Não tenho certeza se gosto disso, principalmente porque não sabemos nada sobre ele. Nem sabemos de onde ele é."

"Eles me disseram que era do sul", respondeu o paladino, "embora eu suspeite que eles possam ter se confundido naquele ponto, não é um nome de nenhuma cultura sulista com a qual esteja familiarizado."

Yasimina, é claro, era das terras do sul.

Ela se tornou evidente ao exibir seus cabelos loiros e olhos azuis.

"Embora eu tenha dito que ele tem uma parceira chamada Sonja, que certamente é uma sulista, pela descrição. Ela pertence a uma ordem chamada Filhas Guardiãs, que têm algumas idéias bem estranhas sobre fantasias, mas são essencialmente honradas. Eles disseram que eu deduziu que esse Salomão parece uma pessoa confiável. "

"Então por que Valeria não voltou?" Conan o lembrou: "ela foi vê-lo ontem à tarde".

"Talvez ele tenha passado a noite lá," Yasimina sugeriu, "não é que você não tenha feito a mesma coisa mais de uma vez."

Isso o pegou um pouco desprevenido.

É claro que era perfeitamente verdade, e ela suspeitava que fosse algo que o paladino se sentia um pouco desconfortável em mencionar isso.

Se Yasimina tinha uma vida sexual, ele não sabia nada sobre isso, e seu código moral certamente se opunha a encontros casuais do tipo que ele tivera tantas vezes.

Ela, talvez, foi generosa em ignorar sua atividade.

E pelo menos era possível que ela estivesse certa, embora com a herança élfica de Valeria, era provável que ela estivesse tão interessada em Sonja quanto no próprio Salomão.

"Bem", disse ele, "pelo menos sabemos onde ir para encontrá-la."

"Na verdade, gostaria que você ficasse aqui", disse ela, "pode haver algo útil na seção restrita da biblioteca. Tenho certeza de que Zula e eu podemos encontrar esse caçador de demônios." Snagg continuou a guardar a aldeia, embora as chances de uma visita de retorno do intruso parecessem improváveis. "Eu duvido que o Colégio de Magos saiba mais sobre lutar contra demônios do que minha igreja, mas você nunca sabe. No mínimo, pode ser interessante saber quem tem vasculhado esses tipos de livros. Mesmo que se trate de Lady Gedren , aquele sobre o qual Zula descobriu, ela provavelmente precisará de aliados para realizar um ritual importante. Ou esta influência sombria sob a cidade poderia ter infectado o Colégio, o que seria realmente algo que deveríamos saber. "

"Ok, ok," Conan ergueu as mãos, "Acho que não queremos que os magos trabalhem contra nós. Mas vou tentar ser rápido e posso segui-lo até a casa de Solomon quando terminar. "

Quando as duas mulheres partiram, Conan voltou para o Wizarding College e dirigiu-se à biblioteca.

Ele esperava que Yasimina estivesse certa e que o fato de Valeria não ter retornado à villa naquela manhã não fosse resultado de algo sinistro.

Mas como ele foi convidado a ver a seção restrita, provavelmente era isso que ele deveria fazer.

Primeiro, é claro, ela precisaria de permissão, e como o Mestre da Faculdade provavelmente estaria ocupado, isso significava falar com a bibliotecária.

***

"A seção restrita!" gritou Estari, de olhos arregalados, "para quê?"

"Eu quero saber quem poderia ter convocado este demônio que nos atacou, e isso significa que preciso pelo menos uma ideia de como eles poderiam ter feito isso."

"Oh sim ... eles já me disseram." A pequena mulher ainda parecia muito nervosa, "Você tem certeza?"

"Não vai demorar. Olha, você pode vir comigo, se quiser."

"Eu não sei ... talvez eu devesse perguntar ao Mestre. Eu acho que poderia estar livre esta noite ..."

"Sei que o acesso a essa parte da biblioteca é limitado", admitiu Conan, "mas devemos ter acesso. É muito importante. Por que manter os livros se ninguém os lê? E acho que tenho um bom motivo. E eu realmente preciso do seu, isso ajuda aqui: você sabe mais sobre livros de magia do que ninguém. "

"Uh ... sim ... bem, acho que sim", ele acenou com a cabeça para cima e para baixo, suas mãos tremulando nervosamente sobre os pergaminhos em sua mesa, "se você realmente precisar da minha ajuda. Sim, eu vou te dar permissão, então. Eu não vou lá há um tempo, então você provavelmente deveria verificar como está tudo. E certifique-se de que tudo está de volta onde deveria estar. Catalogar é importante, você sabe. "

Ela parecia estar tentando se convencer tanto quanto ele, então ele não a interrompeu e a deixou liderar o caminho.

Ela não pôde deixar de notar como sua confiança havia aumentado quando ela começou a pensar em catalogar; era obviamente algo que era mais fácil para ele lidar do que pessoas.

Eles desceram um lance estreito de escadas na parte de trás da seção principal da biblioteca, até que chegaram a uma pequena porta de metal pintada de preto.

Não havia fechadura ou alça, apenas uma runa vermelha onde deveriam ter sido encontrados.

Estari puxou uma varinha da bolsa ao lado dela e murmurou um encantamento enquanto acertava a runa.

Ele brilhou por um segundo, e então a porta se abriu silenciosamente.

A sala interna era desolada, sem janelas, mas com um feitiço de luz permanente em uma parede, talvez um escudo de fogo por conveniência.

Havia uma pequena escrivaninha e uma única cadeira estofada de couro, mas fora isso a sala estava desprovida de móveis, exceto pelas numerosas estantes de livros firmemente empilhadas contra as paredes.

As prateleiras estavam cheias de uma série de livros e pergaminhos de todas as formas e tamanhos.

Muitos dos livros tinham capas pretas ou designs sinistros; evidentemente, as pessoas que produziram tais coisas não resistiram a acrescentar um toque adequadamente dramático.

A porta se fechou atrás deles, bloqueando o resto da universidade.

Conan olhou para as prateleiras, perguntando-se por onde começar.

"Então, o que temos para invocar demônios?" ele perguntou, "pode ser útil ver o que é necessário."

"Ah bem ..."

Estari parecia nervosa novamente, suas mãos movendo-se inquietamente agora que ela guardara a varinha.

"Suponho que o ... uh ... o Pacto das Sombras seria o melhor lugar para começar."

Ela ficou parada por um momento, aparentemente sem perceber que ele não tinha ideia de onde olhar, e de repente deu um pequeno puxão.

"Oh sim, é claro. Deve estar aqui, na terceira prateleira, bem ao lado do ..." Ele franziu a testa de repente e caminhou até o local que havia indicado. "Oh, você está falando sério? As pessoas deveriam colocar os livros de volta onde os encontram. De que outra forma eu poderia catalogar algo? Mas os bruxos fazem o que querem, às vezes. É como se eles não entendessem a importância de um sistema eficiente de catalogação de manuscritos ! "

Ela estava quase tão apaixonada e confiante quanto ele a ouvira.

Ela claramente havia encontrado um tópico de conversa que realmente considerava importante.

Ele fugiu pela sala, examinou as prateleiras e olhou para todas elas, suas mãozinhas se atirando sobre os pergaminhos, às vezes levantando pequenas nuvens de poeira.

"Oh, meu Deus!" Ela deu um passo para trás, para o meio da sala, com a mão correndo para a boca, uma expressão de pânico em seu rosto. "Não está aqui! Não está aqui!"

"Mas ninguém pode tirar coisas daqui", observou Conan, "você está dizendo que foi roubado?"

"Roubando um livro? De uma biblioteca! Oh meu Deus ... isso é ... isso é ultrajante!" Sua voz alcançou um guincho agudo de indignação e um leve rubor rosa avermelhado em suas bochechas pálidas.

"Foco, por quê?" Conan meditou. "Você disse que não esteve aqui recentemente, então quem esteve aqui desde a última vez que você verificou?"

"Apenas Rufus. Oh, ele não ... certamente não. Além disso, é um livro enorme, como eu o tiraria?"

"Ele encolheu, talvez? Ou ele o escondeu em uma bolsa mágica? Claro", acrescentou ele, preocupado que ela pudesse fugir e confrontar o homem, o que seria uma péssima ideia se ele estivesse realmente aliado com os invocadores do inferno "pode não ter sido ele. Talvez alguém tenha encontrado uma maneira de contornar a fechadura mágica; não é impossível, e se eles encolherem o livro e fizerem o roubo, bem, você nunca saberia, não é?

"Não, acho que não. Você está certo. Provavelmente foi um aluno irresponsável que pegou uma varinha que não deveriam ter. Ou algo assim. Vou relatar ao Mestre da faculdade. Nós simplesmente podemos." Não tolero esse tipo de coisa acontecendo ! "

"Oh!" ela engasgou de repente, "mas e se outros livros foram levados? Devo verificar todos eles. Minha biblioteca, roubada!"

O pequeno mago parecia quase prestes a chorar e Conan sentiu pena dela.

Afinal, nada disso tinha sido culpa dela; Nem foi ela quem deu permissão a Rufus para entrar no local sem supervisão.

Ele estendeu a mão e deu-lhe um tapinha simpático no ombro.

Surpresa com o gesto, ela se virou para olhá-lo, dando-lhe um pequeno sorriso de gratidão, e então correu para as prateleiras, verificando-as ainda mais.

Conan não pôde fazer nada além de encará-la, pensando na estranha mulherzinha de cabelo encaracolado.

Ela parecia tão isolada do mundo exterior, apenas feliz quando estava em seu elemento.

Ele tinha certeza de que nunca a tinha visto fora do prédio, percebendo que ela devia ter acomodação aqui, como alguns dos alunos.

Sua biblioteca era a única coisa que realmente importava para ela, e era uma pequena afronta que as forças demoníacas abaixo da cidade a machucassem assim.

Enquanto ela examinava tudo, ela notou um livro que parecia se destacar dos demais.

Era fino e forrado de couro vermelho, mas o que mais chamou sua atenção foi o lacre na lombada.

Era o símbolo sagrado de Muriela, a mesma forma que ele tinha pendurado no pescoço.

Enquanto a bibliotecária continuava procurando, ela o puxou e abriu, observando que parecia ser um livro de feitiços.

"Não, foi apenas isso", disse ele, após uma pesquisa surpreendentemente curta, mas exaustiva, "oh, graças a Deus." Ele se encostou nas prateleiras, acenando com a mão para se refrescar e tirando uma mecha de cabelo da testa.

"Vejo que você encontrou o ... uh ... sim ..." ela disse nervosamente de novo, quando viu o livro em suas mãos.

"Ah, sim ..." foi ele quem ficou envergonhado dessa vez, "não percebi que esse tipo de coisa contava como restrito. Ou que tínhamos livros como este. Vi que há alguns bem incomuns feitiços sobre ele. " Ele colocou o livro de volta, certificando-se de que estava na posição exata em que o havia encontrado.

"Sim", concordou o bibliotecário, assentindo, "li um pouco e achei muito curioso. A maioria dos outros livros aqui são um pouco ... bem, não parecem muito legais. Esse é diferente. , mas muito desconcertante. Por que você iria querer um feitiço para aumentar uma parte específica do corpo, por exemplo? E só funcionou em homens. "

"Sim", disse Conan, tentando cautelosamente manter distância da conversa, "posso ver por que pode parecer estranho para você."

"Obviamente, tem algo a ver com Muriela", disse Estari, aparentemente se sentindo um pouco mais relaxada agora que não sabia que mais nada estava faltando, "você pode ver na capa. Mas não parece haver nada de religioso no livro, apenas feitiços. E algumas palavras curiosas são usadas, que não vi em nenhum outro lugar. Você acha que poderiam ser termos religiosos? Eu adoro Mimir, claro, então não posso dizer. "

Mimir era o deus do conhecimento, que costumava ser o mais popular entre os mágicos, mas a revelação foi duplamente surpreendente, vinda dela.

"Sim, isso parece perfeitamente possível", disse ele, tão descomprometido quanto pôde ser.

"Foi muito irritante. Não gosto de não entender as coisas. Acho que deveria ..." Ele arregalou os olhos e viu o símbolo prateado em seu pescoço. "Ah, mas você adora a Muriela, não é? Só isso ... bom ... não é muito comum, mas tenho certeza que deve ter algumas vantagens. O amor é importante, todos os livros são claros sobre isso. "

"Sim, tudo faz parte do mundo", reconheceu, "ele mantém tudo unido."

"É o que dizem. Uh ... você se importaria ... você poderia me explicar algumas das palavras? Eu acho que seria importante se eu entendesse o livro. Já que sou um zelador, sabe."

"Sim, suponho que sim", disse ele.

A deusa ensinou que você deve espalhar a mensagem dela onde puder, embora ela suspeitasse que qualquer conversa com Estari provavelmente seria muito estranha.

"Não são as orações e a história da Igreja", continuou o bibliotecário, "encontrei livros sobre isso. Apenas ... uh ... apenas alguns dos termos mais específicos e alguns detalhes sobre ... uhmm .. . Para que serviriam esses feitiços? Porque essas são, você sabe, as partes que eu ... bem ... quero entender melhor. "

"Certo", disse Conan, incerto. "Seus pais nunca lhe deram essa conversa?" Ela franziu a testa profundamente. "Não, obviamente não. Eu acho ... claro, posso explicar se é isso que você gostaria de saber."

"É ... uhmm ... prático? Quero dizer, obviamente há ... bem ... uma espécie de componente físico," ela parecia um pouco nervosa, seus dedos cerrados, "Obviamente," ela repetiu. "Quer dizer, não é que eu não saiba mais ou menos o que está envolvido. Eu tenho uma ideia geral. Mas o que quero dizer é ... uh ..." ele parou, dando a ela um olhar suplicante.

"Sim?" ele perguntou, levando-a a continuar.

"Eu sei de onde vêm os bebês, se é isso que você está se perguntando, eu não sei. Eu sei o que colocar e onde ... mais ou menos. São os detalhes, como as palavras naquele livro. 'Cunnilingus' Por exemplo , esse foi um deles. O que isso significa? O que é onde ... você sabe, considerando o tema geral ... lá estava ... bem, eu queria saber se você deveria ... uhmm ... Mostre-me ? "

Conan estava lutando para entender a conversa.

Se ela estava tentando se aproximar dele, deve ser a maneira mais estranha de fazer isso que ele já tinha visto.

"Você quer saber se eu preciso te dar um cunilíngua?" ele disse lentamente, "não, eu não acho que isso seja realmente obrigatório."

"Oh. Porque eu não me importaria, se essa fosse a melhor maneira de aprender."

"Estari", disse ele, pegando a caneta, "vou ser franco sobre isso: você está me pedindo para fazer sexo com você?"

"Um sim?"

"Tem certeza disso? Sei que você é uma mulher adulta, mas parece um pouco inexperiente, se não se importa que eu diga a você."

"De que outra forma eu vou conseguir experiência? E ... bem ... você sabe, você sempre foi legal comigo. E você sabe tudo sobre isso, então eu acho que você seria uma boa professora."

Conan lembrou-se de alguns dias antes, quando disse a Valeria que o bibliotecário "não era seu tipo".

O que era verdade, no geral, embora não exatamente desagradável.

Era mais como se ela fosse socialmente desajeitada, de uma forma que realmente não inspirava pensamentos sexuais.

Além disso, havia a preocupação de que ele se aproveitasse de sua inocência.

Por outro lado, pode ajudá-lo a relaxar um pouco.

O dom do amor, seja manifestado por meio de romance ou comunhão física, era importante, e todos deveriam ter a oportunidade de experimentá-lo.

Eu poderia encontrar outra pessoa, se ele dissesse não, alguém que pudesse ser menos atencioso?

E é claro que ele estava certo sobre isso, que não havia outra maneira de ganhar experiência.

"Claro", disse ele, decidindo-se, "claro. Ficarei feliz em ajudá-lo, se for o que você quiser."

A bibliotecária relaxou de repente, quase murcha e deu um passo para trás ligeiramente sobre os calcanhares.

Ela deu um pequeno suspiro de alívio e deu a ele um sorriso nervoso.

Então ela tirou a bolsa e começou a tocar na bainha do vestido.

"Agora que?" ele disse, quase incrédulo "aqui?"

"Bem ... uhmm ... sim?" ela disse, olhando para ele, já segurando as saias em volta da cintura, "Por que não?"

"Por que estamos em uma biblioteca?"

"Claro", disse ela, enquanto continuava a tirar o vestido, "mas é a minha biblioteca, não é? E o cheiro de pergaminho sempre me faz sentir ... hein, ok?"

Ele olhou para a porta.

Era sólida e a escada razoavelmente longa.

Ele tinha que admitir que era improvável que causassem muito aborrecimento.

Ainda assim, parecia um ambiente bastante estranho, mesmo que fosse um que deixasse Estari confortável.

Ele a observou enquanto ela cuidadosamente colocava o vestido no chão, dando a eles pelo menos algo macio para se deitar, ao invés da pedra embaixo dele.

Mais problemático neste ponto era que sua abordagem estranha não o excitava particularmente.

A pequena bibliotecária tirou os sapatos e deu um passo em direção a ele, vestindo uma camisola de manga curta que ia até os joelhos.

Ela ficou na ponta dos pés, estendendo a mão cautelosamente para mover a cabeça para baixo, depois deu um beijinho nervoso nos lábios.

Ela se inclinou ligeiramente para trás, a boca trêmula, uma das mãos apertando o tecido da camisola, amassando sob os dedos.

Ele estendeu a mão suavemente e puxou-a para si, beijando-a novamente, mas desta vez fazendo isso corretamente.

Seus lábios eram macios sob os dele, e ele sentiu um leve cheiro de tinta em seu cabelo enquanto movia a mão em torno de suas costas.

Ela estava tensa no início, mas logo relaxou, seus lábios se separaram quando ele deslizou a língua em sua boca e pressionou seu corpo suavemente contra o dele.

Eles se libertaram, ela sorriu levemente.

"Isso foi bom", disse ela, apertando as mãos e olhando para ele seriamente, "Quer dizer, uh ... foi um bom começo. Agora ... uhmm ... deixe-me ver ..."

Suas mãos se estenderam cautelosamente em direção a ele, e ela começou a desabotoar o roupão.

Ele a ajudou a remover primeiro isso, depois a camisa, puxando-a pela cabeça e deixando-a cair ao lado do vestido no chão.

A bibliotecária olhou para a parte superior de seu corpo exposta com o que parecia ser satisfação, passando as mãos sobre o peito de forma que apenas as pontas dos dedos roçassem nele.

Ela deu um sorriso tímido e, em seguida, olhou para baixo, os dedos começando a desamarrar as amarras das calças.

Demorou um pouco, seus dedos se atrapalharam com o nó, mas finalmente a calça escorregou em torno de seus tornozelos.

Cautelosamente, ela mudou-se para o topo da calcinha que usava por baixo, abaixando-a lentamente sobre os quadris, até que seguiram a passagem de suas calças até os tornozelos.

Ele estava apenas semi-ereto, e ele ficou lá, um pouco envergonhado, enquanto ela olhava para seu pênis, como se se perguntasse o que ele poderia fazer com ele.

Ele estava prestes a dizer algo quando Estari de repente se ajoelhou e o alcançou.

Seus dedos agitados roçaram seus pelos pubianos e acariciaram seu comprimento.

Parecia ser curiosidade, mais do que qualquer coisa, mas, intencionalmente ou não, a maneira como ela o tocava estava finalmente começando a acordá-lo.

A bibliotecária recuou um pouco de surpresa quando seu pênis começou a inchar, subindo, mas ela logo superou sua reação para alcançá-lo novamente, acariciando suavemente seu membro, movendo seus dedinhos sobre cada parte dele, e então explorando suas bolas.

Alcançando a ponta novamente, Estari puxou suavemente o prepúcio para trás, a cabeça a apenas alguns centímetros dela enquanto tentava olhar de perto.

As pontas dos dedos dela acariciaram sua cabeça, e ele se encontrou totalmente ereto enquanto ela continuava a brincar com ele, enxugando uma gota de pré-sêmen.

"Interessante", disse ele, e talvez não fosse a reação que ele esperava.

Então ela se afastou e sentou em seu vestido, arrumando a túnica e a camisa para formar um pacote mais acolchoado, enquanto ele tirava os sapatos e tirava as roupas restantes.

Ele se deitou ao lado dela, e eles se beijaram novamente, seus dedos traçando a sensação de seus lados, de debaixo de sua axila até o inchaço de suas nádegas.

Ele passou a mão pelas panturrilhas dela, até os joelhos, onde começou a levantar a barra da camisola.

Ela observou com curiosidade quando ele a ergueu mais alto, expondo a pele cremosa de suas coxas magras.

Ela passou as mãos sobre eles, sentindo a pele lisa, então fez um gesto para ela mudar um pouco de posição para que pudesse levantar a camisola sobre os quadris.

Ela o fez, e ele puxou-o para baixo de seu peito.

Sua cintura era estreita e seu estômago era plano, sua pele essencialmente perfeita.

Ela tremeu um pouco quando ele passou a mão em sua pele, mas sorriu levemente quando ele olhou para ela.

Ele deslizou a mão mais para cima, sob o tecido, ao redor do lado do peito, mas foi ela quem tomou a iniciativa e, finalmente, levantou a camisola pela cabeça.

Seus seios eram pequenos, como ficava óbvio quando ela estava completamente vestida, mas mais arredondados do que ele esperava, nem um pouco jovem.

Seu corpo era esguio, o que os fazia parecer mais proeminentes, e seus mamilos eram pequenos e escuros.

Ele correu um dedo sobre um dos balões, girando em direção ao centro.

"Então ..." ele disse inesperadamente, "você disse que me ensinaria algumas palavras."

Ele sorriu e acenou com a cabeça.

Ele moveu o dedo entre seus seios pequenos.

"Decote", disse ele.

"Eu já tinha descoberto isso", disse ela, parecendo um pouco ofendida.

"Entendo. Que tal ...?" Ele se inclinou mais perto e beijou a pele de seu seio direito suavemente, antes de mover sua língua para correr em um círculo apertado ao redor do mamilo. "Os halos?"

"Ooh ..." ela disse em sua voz estridente, "Eu gosto dessa palavra."

Encorajado, ele pressionou os lábios contra o mamilo novamente, beijando-o e deslizando a língua sobre a ponta.

Ele estava definitivamente ficando mais duro em resposta, e seu corpo estava começando a se mover quando ele soltou um pequeno suspiro de prazer.

Ele mudou-se para o outro lado e o tratou da mesma forma, fazendo com que Estari mantivesse a cabeça ali para impedi-lo de parar seus cuidados por um tempo.

"Mmm ...", ele disse depois de um tempo, "e você? Que palavras, quero dizer."

Ele caiu de joelhos.

Isso ainda parecia muito estranho, mas ele supôs que era a melhor maneira.

"Escroto ... uh, testículos, eu acho ... prepúcio ... glande - ou apenas cabeça", cada parte indicada por vez, "mas você já viu isso. Existem ainda algumas outras palavras que você precisa para conhecer." Ele olhou para baixo significativamente para sua calcinha ligeiramente grande.

Ela os tirou e ele gentilmente abriu as pernas para ter uma visão melhor.

Primeiro, ele passou a mão pela barriga dela, até a leve camada de cabelo ruivo, esfregando-a lentamente.

"Cabelo", disse ele, "às vezes ele chamava de monte de Muriela, você sabe. E ..." ele arrastou o dedo para baixo, "lábios".

Ela deixou escapar um suspiro quando ele continuou a acariciá-la, notando que seus lábios já estavam inchados e encontrando uma leve umidade entre as pernas.

Ela se perguntou se deveria demonstrar 'cunnilingus', mas decidiu contra isso por enquanto.

"Claro", continuou ele, "é verdade que se o seu livro menciona lábios, eles podem não estar se referindo aos que estão no seu rosto. Agora ..."

Ele deslizou o dedo indicador para dentro, encontrando sua umidade convidativa.

"Muitas palavras para isso, mas vamos ficar com 'vagina' por enquanto ... mágicos gostam de termos técnicos."

"Oh!" Estari gritou sem palavras, arqueou as costas e estendeu a mão para se apoiar na estante atrás dela.

Ela olhou para ele, seu rosto intenso, mas corado, sua respiração se transformando em suspiros curtos e seus seios pequenos subindo e descendo enquanto ele movia o dedo dentro dela.

"E este ..." ele disse, alcançando sua protuberância, "é o clitóris."

"Oh, meu Deus!" ela gritou, "Meu Deus."

Ele continuou a brincar com ela, movendo o dedo em pequenos círculos, enquanto seus quadris começaram a balançar.

Ela soltou um longo gemido, seu corpo se retorcendo até que ela finalmente puxou o dedo.

Ele se aproximou dela, cruzou um braço sobre sua barriga e a beijou novamente, uma carícia prolongada enquanto acariciava suavemente um de seus seios.

Ela murmurou algo.

Ele não conseguia entender o que ela estava dizendo entre os beijos, e suas mãos começaram a deslizar para baixo em seus lados, alternando pequenos gestos, as pontas dos dedos apenas acariciando brevemente sua pele enquanto desciam para suas nádegas.

Ele escovou ternamente uma mecha de cabelo de sua testa.

Ela não era a mulher mais bonita com quem ele já tinha estado, embora tivesse um certo tipo de atração, e agora ela o tinha completamente excitado, desesperado para descobrir como seria estar dentro dela.

Ela inclinou a cabeça, não querendo encontrar seus olhos, e aninhou-se na curva de seu pescoço, seu corpo esguio pressionado contra o dele.

Sua mão girou, correndo ao longo de seu pênis novamente, segurando-o contra sua barriga.

"Então ..." ela disse.

"Tem certeza que quer isso?" ele perguntou novamente, sem saber o que faria se ela respondesse não, mas sentindo a necessidade de perguntar de qualquer maneira.

Ela se afastou um pouco dele, recostando-se na estante novamente e acenou com a cabeça sem dizer nada.

"Pode doer um pouco", ele avisou, "na primeira vez. Mas vou ser o mais gentil que puder."

Ela acenou com a cabeça novamente, os olhos arregalados, parecendo perturbada mais uma vez, e ele deu-lhe um beijo reconfortante.

"Então ... como podemos ... uhmm ...?" ela perguntou.

Em vez de responder, ele se moveu sobre ela, de modo que ela ficasse parcialmente deitada sob ele, e moveu uma de suas pernas para o lado para obter um ângulo melhor.

Seu olhar se moveu entre seu rosto e seu pênis, agora a centímetros de sua boceta molhada, e seus lábios se moveram quando ela estava prestes a fazer outra pergunta, mas não conseguia articulá-la.

Ele se pressionou contra ela, envolveu um braço em suas costas e empurrou a cabeça de seu pênis entre seus lábios acolhedores.

Ela engasgou, seu corpo sob o dele, suas pernas deslizando contra suas coxas.

Lentamente, ele empurrou até que de repente ela gritou, seus dedos cavando em suas costas, seu corpo tremendo.

Ela esperou um momento antes de continuar, pressionando até que todo o seu pênis estivesse dentro de sua buceta aconchegante, seus quadris delgados o abraçando.

Ele começou a se mover gradualmente, empurrando-a suavemente, tentando não machucá-la.

Sua vagina estava apertada, envolvendo-o em sensações de prazer, e logo seus quadris se moviam no mesmo ritmo dos dele.

A pequena bibliotecária deixou escapar uma série de suspiros enquanto ele continuava a se mover contra ela, seus pequenos seios pressionados contra seu peito, seus mamilos duros contra sua carne.

"Oh meu Deus ..." ele conseguiu dizer, "Eu não tinha percebido ... oh meu, oh meu, oh meu ..."

Ele continuou a deslizar para dentro e para fora, logo a deixando estabelecer um ritmo mútuo que desmentia sua aparente inexperiência.

Ela jogou a cabeça para trás, o cabelo enrolado na prateleira, uma mão a segurando e a outra atrás das costas.

Uma de suas próprias mãos estava em volta das costas dela, parcialmente apoiando-a, a outra pressionada contra o chão para se apoiar.

O prazer de Estari acabou sendo um trabalho lento, mas maravilhosamente recompensador.

Ela inclinou a cabeça para fora da prateleira, cruzando os olhos com os dele, com mais firmeza do que antes, o rosto corado de paixão, respirando em suspiros curtos.

Ele acelerou o passo, e ela gritou de prazer quando seu corpo respondeu da mesma forma.

"Há mais uma palavra que você realmente precisa saber ..." ele conseguiu dizer, entre seus suspiros cada vez mais rápidos e agudos.

Ela assentiu levemente, incapaz de falar no momento.

"Orgasmo", disse ele.

Segundos depois, eles chegaram ao clímax juntos.

Estari soltou um grito longo e agudo enquanto se pressionava contra ele, seu corpo inteiro tremendo quando ele sentiu sua semente brotar em sua apertada e convulsiva boceta.

Eles ficaram juntos assim por um tempo, antes que ele a soltasse, escorregando para fora dela, enquanto rolavam para se deitar sobre as roupas dobradas por baixo deles.

Seus braços a envolveram, suas costas pressionadas contra seu peito, seu rosto contra sua nuca, cheirando seu cabelo.

Ainda cheirava a tinta e pergaminho seco, embora apenas ligeiramente.

Ela lembrou que o bibliotecário havia insinuado que o cheiro era agradável para ela, até sexualmente atraente.

Nesse momento, ele concordou com ela.

A AVENTURA CONTINUARÁ NO VOLUME:
CONAN O BÁRBARO
OITAVA PARTE